嫁き遅れ令嬢の私がまさかの朝チュン
相手が誰か記憶がありません

★

七夜かなた

Kanata Shichiya

Noche BUNKO

目次

嫁き遅れ令嬢の私がまさかの朝チュン

相手が誰か記憶がありません

序章

頭がずきずきするし、喉も渇いた。

「み……みず……」

枯れかけた草花のように水を欲し、声を絞り出すと何かが唇に触れ水が注ぎ込まれた。

「も……もっと」

一回では足りなくて催促すると、再び水が注ぎ込まれて喉を潤す。

「ん……」

水を注ぎ込んだ熱いものが、水を飲ませてくれた後も口を塞ぐ。それが気持ち良くて猫のように喉を鳴らすと、熱いものが口中に滑り込んできて口の中を舐め回した。

「やだ……」

気持ち良くなった頃にそれが離れようとするのに抗議すると、くぐもった笑い声が聞こえた。それから頭をポンポンと優しく叩いて何かを言った。

小さい頃、お母様にそうやってあやしてもらったな……ずいぶん前からそんな風にしてもらってなかったから嬉しくて、にへらと笑って「わかった」と、返事した。

「痛い」

ずきずきするこめかみを押さえながら目が覚めると、知らない部屋にいた。

「えっと……」

昨日は妹のトレイシーの結婚式で、ここがヘイルズ家の客間だったことを思い出す。

結婚式の前日から家族でヘイルズ邸に泊まっている。

「え……やだ、何これ」

痛む頭を押さえ、自分の状態を見て唖然とした。

何も着ていない。素っ裸だった。

「へ！」

胸元を見ると、あちこちに赤紫の斑点が散らばっている。特に胸の周りが激しい。

発疹《ほっしん》かと思うほど、初心《うぶ》ではない。痒くも何ともないし、経験はないが、知識はある。

これはいわゆるキスマークだ。

「え……え……」

ガバッとシーツを取り払うと、寝台の中ほどに赤黒い染みが点々と……しかもほかのところも湿っている。何より、私のあそこが主張している。僅《わず》かな痛みと何かが擦《こす》れた感触の存在を。

「え……え……ちょっと待って……誰と？」

少なくとも、今私は一人だ。

情事の相手は影も形も見当たらない。私がいる場所の右側の枕が人の頭の形にへこんでいる。

痛む頭を抱えながら、眉間近くの額に指を当てて考え込み、記憶を呼び起こす。

昨日の結婚式。空はどこまでも青く澄み渡り雲ひとつなく、空を横切る鳥たちも今日を祝福しているようだった。

花婿が花嫁のベールを上げて誓いのキスをした瞬間、式は最高に盛り上がり私の涙腺も限界に達した。

「コリーナ姉様……」

右隣から弟のルディが大量のハンカチを何枚も差し出す。

私が用意していた自分のハンカチはすでにビチョビチョだ。

「あ……あでぃがど……」

ルディが言うので左隣を見ると、父親のエリオットも涙と鼻水にまみれている。

「父上にも……」

「というか、泣きすぎ」

「そういうルディだって……」

ルディも目尻に浮かぶ涙を今受け取ったハンカチで拭《ぬぐ》う。

通路の向こうの花婿側の人たちが、そんな私たちのやり取りを生暖かい目で見ている。

母親のケリーが亡くなったのは私が十八の歳だった。

それから七年。

今年二十歳になったトレイシーは今日、一歳上のルーファス・ユーバンク・ヘイルズと結婚する。

母親代わりに妹たちを育ててきた私にとっては、ひとつ肩の荷が下りることになる。

「コリーナ、待っているから化粧を直してきなさい」

自分も涙でグズグズになりながら、父が言った。男の人はいいな。

涙でグズグズになって化粧も剥がれて、きっと酷いことになっているんだろう。

妹たちの面倒を見ているうちに、私もいつしか二十五歳になっていた。

同じ年齢の友人たちは、とっくに結婚して子どもの一人二人は産んでいる。

式も終わりに近づき、参列者はヘイルズ邸で開かれる披露宴へ移動する。

私は慌てて化粧室へ向かった。

「きゃっ！」

「わ！」

ハンカチで目頭を押さえながら歩いて角を曲がったところで、向こうから来た人と正面衝突した。

勢い余って後ろに倒れそうになったところを、すんでのところでぶつかった相手が腕を掴んで止めた。

「大丈夫か？」

眼鏡の向こうから菫色の瞳が私を覗き込む。

「あ……はい」

体勢を立て直す間、彼は私の頭越しに外の様子を眺める。

「式はもう終わったのですね」

ため息と共に反対側の手で眼鏡を押し上げる。

「はい。さっき……」

私がぶつかった相手、レオポルド・ダッラ・スタエレンスはもう急いでも仕方ないと思ったのか、そこでため息を吐いた。

ミディアムに切り揃えたダークブラウンの髪が汗で額に張り付いている。

「急いで来たのだが……間に合わなかったか」

「お忙しいのですね」

「いろいろと立て込んでいて……それでも今日は間に合わせたかったが……」

「どうぞ」

流れる汗を拭くためのハンカチを差し出すと、彼はハンカチと私の顔を交互に見比べた。

化粧が剥がれ落ちた顔を晒《さら》していることに気づいて恥ずかしいが、今さら取り繕っても仕方ない。

「安心してください。未使用です。たくさんあるので返却も不要です」

気にすると思い、私の涙を拭いたハンカチではないと説明すると、黙って受け取り額の汗を拭いた。

「ありがとう。君はルーファスの結婚相手の……」

「コリーナ・フォン・ペトリです。花嫁の姉です」

彼とは一度、親族の顔合わせで見かけていた。あの時も彼は遅れてやってきた。テーブルの端と端だったたし、自己紹介もしなかったが、顔は覚えていたらしい。

こっちは覚えているのに、私に興味がないんだろう。

ブルーグレイの瞳と薄茶色の髪の私は、彼の目にはどう映っているんだろう。

全体に色素が薄くて鼻は低い方。目は大きめ。顎の線もシャープさはなく、どちらかと言えば童顔だ。並べば確実に見劣りしそうだ。

悔しいが、眼鏡をかけてすらりとした体つきの彼は、誰もが認める男前だ。

外交の仕事をしていると聞いた。

仕事ができてスタイルも良く、男前。嫌味なくらいすべてが揃っている。

本人はまるで相手にしていないが、女性にもてるとルーファスも言っていた。

ルーファスの家系は女性が多く生まれている。数少ない男性同士で歳は少し上だが、従弟《いとこ》であるルーファスと仲がいいらしい。

彼が頼んだのもあり、忙しい合間を縫ってヘイルズ家とペトリ家両家の顔合わせにも参加した。

それでも肝心な結婚式にまで遅れてくるなんて、トレイシーに不満でもあるのだろうか。

「かなり感動的な式だったようだ」

泣き腫らした私の顔を見て、そう思ったのだろう。

「大切な家族の門出ですもの、嬉しいに決まっています」

泣いて何が悪いと開き直る。泣くのは性分ではないが、嬉しくて流す涙は別だ。

「すみません。ヘイルズ邸の披露宴に行かなければなりませんので、失礼してよろしいですか？」

「ああ失礼、私も花婿と花嫁に挨拶をしてきます。ハンカチ、ありがとう」

それでレオポルドとの会話は終わった。

私は化粧室へ行き、戻った時にはすでに参列者の半分はヘイルズ邸に移動していた。

「遅いよ、コリーナ姉様」

「ごめんなさい」

「お父様は？」

「先にヘイルズ邸に行ったよ。花嫁の家族全員が遅れるわけにいかないから」

私は待っていてくれたルディと共に、馬車でヘイルズ邸に向かった。

花婿花嫁が披露宴会場であるヘイルズ邸の中庭で、仲良く挨拶をする。

庭での立食式パーティーが始まり、しばらくして花婿花嫁のファーストダンス、花嫁と花嫁の父とのダンスと続き、全員が踊り出した。

結婚式は出会いの場でもある。花婿と花嫁の友人たちで、まだ特定の相手のいない人たちは、お互い相手を値踏みしてダンスに誘ったり、おしゃべりをしたり。

ルディも例に漏れず引く手あまた。お父様は親族や仕事関係の人と何やかんやで話をしている。

花嫁の母親代わりで年増《としま》の二十五歳の私は、そんな中で確実に浮きまくっていた。

年の近い人は皆、婚約者や妻など決まった人がいて、花婿の友人はほとんどが年下。

何人かが挨拶と簡単な会話を交わしてくれるが、父とルディとが踊りに誘ってくれた以外は、完全に壁の花だった。

女性たちに囲まれているレオポルドが目に入った。

彼は確か私のひとつ上で独身。

同じ年頃でもレオポルドは優良物件で、私は完全に廃棄寸前だ。

周囲の視線に居たたまれなくて、ワイン瓶とつまみをいくつか持って人気のない場所へ逃げることにした。

「確か……温室の方へ行って……」

早くに亡くなった母を思いながら、一人でお酒を飲み、自分の心を慰めていた。

妹や弟たちを育てるのに必死だった。そのことは後悔していない。

でも、母が今でも生きていたらとか、父が仕事以外のほかのことがまったくダメでなかったら、私は誰かと結婚して子どもがいたのかな、なんてグチグチと考えていた。

母が生きていたとしても、誰かに見初められることなんてなかったかもしれないけれど。

誰もが認める美女でもない。平々凡々な顔立ちなのは母の死に関係ない。

管を巻いているうちにワインを飲み干したようだ。もともとお酒はそんなに強くない。いつもはグラス一杯程度の私が瓶一本をほとんど飲み干したらどうなるか。ぐでんぐでんに酔っぱらい、誰かに絡み……

そこでサァーと血の気が引いた。すでに酔い潰れた頃、誰かが温室に入ってきた気がする。

でも私の記憶はそこまで。

その人に文句を言って絡んだように思うが、相手が誰で何を言ってどう受け答えしてくれたのか、まるで記憶にない。

そしてこの状態。もしかしなくても……

「私……やっちゃった？」
あきらかな情事の跡。記憶がなくても体はしっかりと誰かの感覚を覚えている。
でもどうして相手がいないのか。まさかのやり逃げ？
完全なる二日酔いに苛まれる。
コリーナ・フォン・ペトリ、二十五歳。
妹の結婚式の夜、誰かわからない相手とやっちゃいました。

第一章

トレイシーの結婚式から二年半。今度はルディが結婚する。
相手は昨年社交界デビューしたばかりの、マーガレット・デ・ラドキン男爵令嬢。
小柄で愛らしく、ルディの一目惚れだった。
トレイシーは一年前に男の子を出産している。
それから父が数か月前に再婚した。
相手はジーナさんという女性だ。彼女の前夫が父の取引相手だったが五年前に他界し、父のもとで事務の仕事などを手伝っていた。子どもが一人いて、亡夫の実家の養子になり跡を継いでいる。貴族ではないが、子爵程度の我が家では特に問題はない。

変わらないのは私だけ。結婚市場では確実に売れ残りとなりつつある。

あの日、確かに誰かと致したが、トレイシーの結婚式の翌日以降、結局、誰からも何の連絡もなかった。

一週間くらいは家に来客がある度にびくびくしていたが、一か月も経つと体よくやり逃げされたんだとわかった。

せっかくの体験、記憶にないのは残念な気もするが、身持ちがどうとか悲観するのも馬鹿らしい。

幸か不幸か、変なやつに体の関係を元に恐喝されることもなく、妊娠もしなかったのだから、不幸な事故にでもあったと思うことにした。

父も再婚し、トレイシーに続いてルディの結婚も決まった。後は私だけ。

社交界にデビューしてすぐに母が病に倒れたので、私は花嫁候補としての一番のピークを逃した。それにほとんど社交界に知り合いもいない。

何もしなければ相手も見つからない。ようやく夜会通いを始めたが、行動に出るのが遅すぎたと痛感した。

夜会に出ても私と同年代はほぼ既婚者で、独身の者は一度失敗しているか、性格や財産状態にやや問題がある場合が多い。私もそんな風に見られているのは、周りからの視線で何となく察しがつく。

何人かとダンスをしたものの、その後が続かず、毎回帰りの馬車で肩を落としていた。すでに夜会通いを始めてから二週間が経ち、気力も体力も限界だ。

今夜の主催者のファシスール伯爵は交友関係も広く、夫人は完璧な淑女として名高い。いつもは父やルディと参加していたが、今夜は結婚相手を求める人たちに出会いの場を提供するということで、お一人様参加の夜会だった。

これまでの夜会はただの社交の場だったが、ほかの夜会に来ていなかった人も今回はたくさん参加すると聞いて期待を胸に参加した。

けれどここに来て場違いを痛感した。未婚の女性は皆、二十歳そこそこ。声をかけてくれる男性も何人かいるが、私が童顔だからで、年齢を聞くとそそくさと言い訳をして離れていくか、好みでない男性ばかりだった。

「姉様、ちょっといい？」

ルディの結婚式の朝、私はトレイシーとルディに呼ばれた。

花婿の家族が結婚に際してあまり口を挟むことはない。

末っ子だがしっかり者のルディは、私の手を煩《わずら》わせることなく、式の準備は完璧なはずだ。それでも主役であるルディがここにいて大丈夫なのだろうか。

「何か問題でも？」

直前まで気は抜けない。彼らの神妙な顔を見て深刻な問題が起こったのかと身構えた。

「僕も今日、マーガレットと結婚します」

「そうね。いよいよね」

「母上が早くに亡くなり、父上の愛情は感じていましたが、僕がこうして伴侶を見つけて独り立ちできるのは、姉様がいてくれたからです」

「ありがとうございます、姉様」

トレイシーと共に急に感謝の言葉を投げ掛けられてびっくりする。

これは、少し早いがお世話になりました、的な展開？　ヤバい……泣けてきたかも。

「父上もジーナさんと再婚して、僕たちも父上が寂しくなくなってほっとしている」

「そうね、お母様と言うには若いけど、ジーナさんは素敵な人だわ」

私たち三人は父の再婚に特に、異議は唱えなかった。

母が亡くなって十年。男盛りをやもめで過ごしたのだから、これから父には幸せになってもらいたい。

「残る心配は姉様のことだ」

そっちか……話の矛先《ほこさき》が見えて、私は一気に涙が引っ込んだ。

「心配しなくても、どこかのやもめの人を探してそのうち結婚するわ」

「やもめ？　姉様は初婚なのに、どうして最初から後妻狙いなの？」

「それは、ほら、私ももう二十八でしょ。相手も初婚だと年齢が……」

「姉様はそれでいいの？　それにまだ二十七だろ。僕は嫌だな。大事な姉様が後妻になるなんて」

「あと二か月で二十八だから同じよ。気持ちは嬉しいけど、こればっかりは相手がいることだし……」

姉を大事に思ってくれるのは嬉しいし、気持ちはわかる。私だって望むなら相手も初めてがいい。

だが、この年まで独身の男にろくなのはいない。

贅沢は言っていられない。自分もこの年まで独身なので、お互い様かもしれないが、大抵が女にだらしないか、女性に興味がないか、借金があるか、それなりに事情がある人が多い。中には運悪く婚期を逃しただけという人もいるだろうが、そんな人はごく稀だ。

「そこで姉様に結婚相手を紹介したいと思います」

「え？」

ルディが前のめりに言い、トレイシーと頷き合う。

「姉様、これは父上も同意のことです」

「え……」

家族総出？　逆にあまりの気合いの入れように引くしかない。

これでは相手が気に入らなくても、簡単に断れない。まさに崖に追い詰められた気分だ。

「気持ちは嬉しいけど、そんな相手が仮にいたとして、相手が私を気に入るかどうか……」

ここは相手から断りを入れてもらうようにするしかない。

結婚したくないわけではないが、こんな急に……心の準備だってある。

「大丈夫です。姉様も知っている人です。身分も容姿も……人柄も保証します」

いや、今『人柄』のところで言葉がつっかえなかった？

「私が知っている人？」

「実は、相手にも今日ここに来てもらっているんです」

「え！」

トレイシーの発言に、またもや驚いた。

「相手はその……私と結婚してもいいと言っているの？」

正直、ここ最近の婚活ではいい結果は得られなかった。

「もちろんよ」

「まずは肩肘張らずに、今日の結婚式でダンスでも踊って軽く話してみてよ」

「でもそんな急に」

弟の結婚式、最後まで無事に手抜かりなく終わるか、招待客に失礼がないか。気にしないといけないことがたくさんあるのに。よりによって家族総出で結婚相手候補を紹介されるとは！

「それで相手は？」

「大丈夫。向こうから姉様に声をかけてくれるから」

そう言って、二人はその人物が誰か教えてくれなかった。

トレイシーの時と同様、式は教会で行われ、その後我が家で披露宴が行われる。

花婿側の参列者が座る列の一番前に、私と父とジーナさんが座る。

教会の席は招待客で埋め尽くされている。

「ルーファス」

「遅くなってごめん」

「大丈夫よ。式はまだ始まっていないから」

トレイシーの夫のルーファスが慌ててやってきた。少し用事があってギリギリになると聞いていたが、間に合ってよかった。

ルーファスの後ろに、もう一人男性が立っていた。

ダークブラウンの髪は綺麗に撫で付けられ、紺の三つ揃い姿も決まっている。

「え……」

ルーファスの後ろに立っていたのは、彼の従兄《いとこ》のレオポルドだった。

彼に会うのはトレイシーの結婚式以来だ。小耳に挟んだ話では、外国に行っていたらしい。

ダークブラウンの髪に菫色の瞳。背が高くスタイルもよく、正装がとても様になっている。

トレイシーの結婚式でもたくさんの女性に囲まれていたが、彼が現れた途端参列者の女性たちの何人かからため息が漏れるのが聞こえた。

「やあ、君はレオポルドだったね」

「ご無沙汰しております、ペトリ卿。本日はおめでとうございます」

「私の妻のジーナに会うのは初めてだったね。ジーナ、彼がルーファスの従兄《いとこ》でスタエレンス伯爵家のレオポルドだ」

「ジーナです。初めまして」

「こちらこそ、お会いできて光栄です」

彼は父に挨拶をして、ジーナさんの手を取りその甲に唇をつけた。

「こんにちは、トレイシー。コリーナ嬢も。今日はお招きありがとう」

「こ、こんにちは」

「お久しぶりです」

トレイシーと私の手の甲にもキスをする。

こちらをちらりと見た流し目にどきりとする。

二年半ぶりだが、彼はいい意味で歳を重ねたようだ。確実に色気が増している。こんなことを思うのは不謹慎だろうか。

眼鏡の奥から覗く切れ長の菫色の瞳に、高い鼻梁。厚くも薄くもない形の良い唇にすっきりとした顎のライン。ダークブラウンの髪は以前より少し伸びているが、確実に男前ぶりは上がっていて、紺のスーツに薄いグレーのシャツ姿も決まっている。

もうすぐ式が始まるため、軽く挨拶だけでその場は終わった。

通路側には家長である父が座り、その横にジーナさん、そして私とトレイシーが座るはずが、なぜか私の隣にレオポルドが座り、その隣にルーファスとトレイシーが続いた。

「今日は何枚ハンカチを持ってきているのですか？」

「はい？」

質問された意味がわからず尋ね返した。

「妹さんの結婚式でも一枚では足りなかったようだし、今日も用意しているんですよね？」

「あ……はい。えっと三枚」

トレイシーの結婚式で、泣き腫らした顔で彼とぶつかったことを思い出した。

「三枚……それだけで足りる？」

「も、もちろんです。私だって成長しているんですよ」

なんだか馬鹿にされたようで、少しむきになった。

そんな私の反応を見て、彼は口角を上げて少し笑いながらゴソゴソと上着の内ポケットから何かを取り出した。

「足りなければこれもどうぞ」

彼が取り出したのは、薄いピンク色のハンカチだった。

どこかで見たことがある。

「これって」

「君が私の汗を拭《ぬぐ》うためにくれたハンカチだ」

「え、まだ持っていらしたんですか」

私でさえ今見るまで忘れていた。

「いつか返そうと、ずっと持っていました」

「そんな安物のハンカチ。捨ててくれてもよかったのに」

「もらったものを勝手に捨てるわけにはいかない」

「そうですか……では」

そう言って彼からハンカチを受け取った。

「もしそれでも足りなければ」

すっと彼が顔を近づけて囁《ささや》いた。

「私の胸を貸そう」

息がかかるくらい傍で囁《ささや》かれて、びっくりして目を丸くした。

「え……」

『胸を貸そう』って、私に彼の胸で泣けと言っているの？

「そんなこと……」

できるわけがない。頬が酷く熱い。それを見て楽しそうに彼が笑った。

「か、からかっていらっしゃるのね」

「どうだろう」

彼ってこんな冗談を言う人だった？　いやそもそも彼がどんな人なのかよく知らない。

知っているのは名前と、彼がルーファスの従兄《いとこ》だということ。何をしているのか、どんな性格なのかも知らない。女性の視線を集めるのはうまそうだけど。

「あのレオポルドさん」

「しっ、式が始まる」

文句を言おうとしたが、遮られた。神父様とルディが入ってきて祭壇の前に立ったのだ。

私は喉まで出かかった文句を呑み込み、式に集中することにした。

彼がどういうつもりで言ったのか知らないが、年齢のわりに恋愛経験は皆無なので、さっきのようなからかいにはまったく慣れていない。

もうすぐ二十八になるのだから、それくらい聞き流せないとこの先やっていけない。

でも式が始まるとすぐにそちらに気がいって、式の間中レオポルドが私の方をじっと見ていたことには気づかなかった。


結局私はルディの結婚式でも号泣し、手持ちのハンカチ三枚をすべてベチョベチョにしてしまった。

残るはレオポルドが返してくれたハンカチだけ。

ルディと父たちが、教会から出てくる参列者の方々を見送っている。この後はそれぞれの馬車に乗って、我が家で開かれる披露宴へと移動する。

教会の化粧室でゆっくりと化粧を直して出てくると、廊下の壁に背中を預けてレオポルドが立っていた。

教会を出るには、彼の前を通らないといけない。

無言のまま歩き出し、ちらりと横目で見ながら彼の前を通りすぎた。

けれど私の歩調に合わせて、そのまま彼が横を一緒に歩き出した。

「待っていていただかなくてもよかったのよ」

式が始まる前に涙もろいことをからかわれたばかりで、泣き腫らした顔で会うのは気まずい。

「あなたの言ったとおりになって面白いですか」

愛想を振りまく余裕がなくて、素っ気ない言い方をしてしまった。

「面白い？　君を見ているど楽しいが、君が今言った面白いという意味とは少し違うな」

「そうですか。あなたがどう思おうと、私には関係ありませんが。すみません、もう行かないと」

披露宴に身内の者が遅れるわけにはいかない。私が来るのを父たちが待っているだろうと、馬車止まりへ急ごうとした。

「そんなに慌てなくても私が送るから大丈夫と言って、お父上たちには先に出発してもらった」

「え⁉」

彼は私の前に立ちはだかったまま言った。

「どうし……」

「君がいつ戻ってくるかわからないし、お父上たちは急いでいたようだから」

レオポルドは私の手を引っ張り、さっさと教会の前で待っている馬車までエスコートする。

「そういうことを訊きたいのではなく、どうして私があなたと」

さりげなく手を握られ、颯爽と歩く彼に引っ張られて表までやってきたが、待機していた馬車の前で何とか振り払った。

縁戚になるとはいえ、彼とはほとんど面識がない。よく知らない男性と馬車に二人で乗れるわけがない。

「それは私が君と結婚を前提に付き合いたいと、君の家族に申し出たからだ」

「えっ、あ、あなたが⁉」

意外な相手に驚きの声を上げた。

「私では不満か？」

私の反応が気に入らなかったのか、彼は顔を顰《しか》めた。

「いえ、不満とかではなく……」

彼が結婚式で、たくさんの女性たちに囲まれていたことを思い出す。

いまだに独身なのは謎だが、引く手あまたなのは知っている。

「話は道中でしないか。あまり遅くなると皆が心配する。それとも私と二人きりが嫌なのか」

男性と二人で馬車に乗ったことがなかっただけで、彼が何かすると思ってはいない。

「あなたが嫌なのではなく……」

「なら、問題ないだろう」

そう言われては断れない。それに彼の言うとおり、家に戻らなくては。

「結婚相手の候補がいると聞いていたようだが、相手が私だったのがそれほど驚くことかな？」

馬車の中でレオポルドが言った。私の驚きぶりが気に入らなかったのは間違いない。

「女性は誰でも結婚したいと思っているのではないのか？」

ストレートに訊き返されて、言葉に詰まる。

「結婚に憧れる年齢はとっくに過ぎました。もちろん、いい人がいればとは思いますが、無理に相手を探すのは違うかと。でも、女が一人で生きていくのも大変ですし、手に職もありません。家族のお荷物にもなりたくないし……どこかで折り合いをつけて、誰かに嫁ぐことを考えなければいけないでしょう」

「自分を卑下する必要はない。この世で結婚していない女性は君だけではない。この狭い社会ではそうだろうが、世間にはいろいろな人がいる」

意外な励ましの言葉が彼の口から聞けて、驚いて思わず顔を見上げた。

「何ですか？」

「いえ、そんな意見をお持ちだとは……」

「外交するに当たって、さまざまな価値観や文化の人と会う。先入観や偏見を持っていては務まらない」

「そうなのですか……私は、この王都と領地しか知りません。スタエレンスさんは……」

「レオポルドでいい」

「レオポルドさんは、いろんな国に行かれたのでしょうね」

「仕事でだが。私も二十九だ。周りがいろいろとうるさい。何かにつけて独身の女性を紹介されるし、独身のままだとこれから先の仕事にも支障が出てくる。結婚は人生設計に必要な要素だ」

「はあ……」

確かに社交の場では、夫婦同伴で出席することも多い。若いうちならパートナーは姉妹や従姉妹《いとこ》でもいいが、彼の年になると妻帯者でなければ都合が悪いのかもしれない。

「あなたが結婚を将来の視野に入れているのはわかりました。それで、相手の条件は？」

「条件？」

「そうです。容姿や性格、家柄。それから年齢。どんな女性がお好みですか？」

レオポルドは私の言った意味が呑み込めないのか、じっと私を見つめる。

難しいことを訊いたかしら。

「……なぜそんなことを訊く？　今さら私の結婚相手の好みや条件を訊いてどうする」

「え、結婚……したいと思っているのですよね」

「だから君とこうして話をしている」

「まさか、それでいいのですか？　あなたにも選ぶ権利があるでしょ。無理に付き合ってくれなくてもいいのですよ」

「私は今後の出世を踏まえて、そろそろ結婚したい。だが、今から相手を探し回る時間もないし面倒だ。すでに身内のような君となら、親や親戚に反対されることもない。君も家で居づらい思いをするより、この話を進めた方がいいのでは？」

彼は私と結婚してもいいと思っている？　少しも嬉しそうでないのに。

「それとも、好きな男でもいるのか？」

「別に……」

一瞬、二年半前のことが頭を過《よぎ》ったが、誰なのかも覚えていない相手に愛情なんて感じない。

「あの……ひとつ申し上げておきたいのですが……」

すでに純潔を失っていると告げたら、彼はこの話はなかったことにしたいと言うだろうか。家族には申し訳ないが、隠して後で揉めるより、今正直に話しておいた方がいい。

「聞こう」

「実は私、ある男性とそういう関係になったことがあります」

「…………」

「男性と……一夜を共にしました」

「…………」

「もう、生娘では……」

「聞こえている。何度も言わなくていい」

「それでもいいのですか?」

「なぜそれを今ここで言う。その相手とは続いているのか?」

「結婚となれば、わかってしまうことですし、黙っているのは悪いかと思いました。お相手とは会っていないというか二年半前のことですし、酔っていて誰かも覚えておりません」

「は?」

「誰にも話していないのですが、お酒のせいで途中から何があったか覚えていなくて。目が覚めたらその……終わっていて。あ、妊娠はしなかったし、それ一度きりです。だから、あなたにとってそれが受け入れ難いなら……」

再婚なら、そのあたりは大目に見てくれるかもしれないが、レオポルドは初婚なのだから、すでにお手付きの女なんて願い下げだろう……多分。

彼は私の話を黙ったまま、まっすぐ前を見て聞いている。よく見ると首筋に血管が浮き出ていた。表情もさっきより険しくなっている。

「誰だったか覚えていない？」

「本当に恥ずかしいのですが。その時は慣れないお酒を飲みすぎてしまって。だらしないと思われても仕方ありません。それ一度きりだったなど言い訳でしかありませんが、気持ち的にいろいろあって……あの、だから」

そんなはしたない女だったのか。この話は忘れてくれ。蔑《さげす》んだ目でそう言われるのを覚悟する。でも悪いのは私なのだから。

「で？」

「え？」

彼から返ってきたのは、短いそのひと言だけ。思っていた言葉と違うので、間抜けな返事をしてしまった。

「あの……ですから私はもう……その……」

「それを今話すのは、隠し事ができない性質《たち》だから先に言っておこうと？」

彼はだんだん機嫌が悪くなる。結婚してもいいと考えている女性に、こんな話をされるとは思っていなかったのだろう。私が彼でも戸惑う。彼は忍耐強いのか、怒ってはいるが、怒鳴ったりはしない。あまりよく知らなかった彼の一面が見られた。

「それとも暗にそのことを話して、こちらから破談すると言わせたいと？」

このことを話す必要があったのか自問する。彼に対する罪悪感からなのか、それとも彼に幻滅してほしかったのか。私も一応経験があるのだと自慢したいのか。

「お互い、ゆっくり相手と付き合ってそろそろ結婚しましょうというには若くありません。今日会って、この人とは添い遂げられないなと思ったら、さっさと見切りをつけた方がいいのでは。なので……」

「君は、私では不満だと言うのだな」

皆まで言わせず、レオポルドが遮る。

「いえ、私がではなく、あなたが……」

「私が？」

顔を背けていても、怒りに満ちた空気をレオポルドが放っているのがわかる。これは私に向けられたものだろうか。初めから愛想はなかったが、どのあたりが彼の怒りを買ったのかわからない。

私が処女ではないこと？　お酒の勢いでやってしまったこと？　相手を覚えていないこと？　それを馬鹿正直に告白したこと？　断らせようとしたこと？

黙ったままでいると、レオポルドが重苦しいため息を吐いた。

「問題ない」

「へ？」

再び気の抜けた返事をしてしまった。

レオポルドがこちらを振り返った。

誰かが彼を冷徹の貴公子だと言っていたのを思い出した。

「問題ないと言ったのだ」

真冬の空のように冴え冴えとした菫の瞳が、私をまっすぐに見据える。

「私も童貞ではない。結婚するのに女だけが初めてであることを求めるのは、不公平だと思っている。これから先貞操を守ればいいだけのこと。むしろ、結婚してから不貞を働かれる方が困る」

「あ、そ、そうですか……」

価値観は人それぞれだ。てっきり嫌悪されるかと思ったのに、彼の考えは柔軟らしい。

「君の問題はそれだけか、ほかには？」

少し考えて、首を左右に振る。

「ありません。スタ……レオポルドさんは本当に私でよろしいのですか？」

「そう言っている。それでは、この話を進めても構わないか？」

「はい。よろしくお願いします」

まったく色気も何もない。

結婚してください。一生幸せにします。あなたを愛しています。

そういう求婚《プロポーズ》を夢見ていたわけではないけれど、結婚って、こんなにあっさり決めていいのかな。

彼のことはよく知らないが、ルーファスがあんなに慕っているなら、悪い人であるはずがない。

それに私の恥ずかしい過去を聞いても、動じなかった。

ほかの人はどうかわからないが、いろんな人がいるのだから、結婚を決める方法もいろいろあっていいのではないか。

もともとどんなプロポーズがいいかなんて考えていなかったし、これでよかったのだと納得する。

でも……レオポルドはどうして私を選んだんだろう。

レオポルドと二人で披露宴が始まるぎりぎりに我が家に到着すると、まずはペトリ家の親戚たちに囲まれた。

二人で来たことで、すでに噂が流れているようだ。

まさかこんなことになっているとは思わなかった。

さらにレオポルドには「コリーナを頼む」「この子はいい子なんだ、幸せにしてやってくれ」などと声をかけ、「コリーナのどこがよかった?」とまで訊いてきた。

「あの、皆さん。今日の主役はルディたち……」

レオポルドを助けるつもりで話題を変えようとしたが、レオポルドはあたふたする私とは反対にとても落ち着いていて、取り囲む親戚たちから私を護るように引き寄せた。

「とても可愛らしくて、愛情深いところです」

そう言ってこめかみに軽くキスをした。

周りからどよめきが起こったのは、言うまでもない。

「そろそろ披露宴が始まります。今日の主役は我々ではありませんよ。我々のことは、今度とも温かい目で見守ってください」

動揺する私と違い、涼しい顔でうまく親戚たちの合間を縫って席へと誘導してくれた。

「何もあそこであんなことしなくても……言葉だけでよかったのに」

あまりに恋愛とかお付き合いから遠ざかっていた私は、あんな風に自分が誰かと密着してイチャイチャするのをからかわれるのに慣れていない。

「あれくらいしないと、伝わらない」

「何が?」

質問したが、ルディたちがお色直しを終えて現れたため、答えを聞くことはできなかった。

食事が終わると、花婿花嫁のファーストダンスが始まり、参加者たちもそれぞれダンスを始めた。

「我々も踊ろう」

レオポルドが私をダンスに誘う。

「え、私と?」

「君以外、誰と最初に踊るというのだ」

「それはそうだけど……」

決まった相手とのダンス。親でも兄弟でもない相手とのダンスは初めてだった。

トレイシーの結婚式の時はなかったことだ。

「お嬢さんをお借りします」

「もちろん、娘をよろしく」

同じテーブルの父たちに断りを入れ、ダンスの輪の中に連れ出された。

「私、ダンスは久しぶりで……絶対うまく踊れない」

長身のレオポルドとはかなり身長差があり、立つと私の目線は彼の胸元辺りになる。

「大丈夫。力を抜いて」

背中にレオポルドの腕が回り、ぐっと引き寄せられる。

下半身が密着し足が絡みついた。

音楽に合わせて動き出した彼の体に身を委ねるように踊り始めると、ふわりと彼から香水が匂い立った。

どこかで嗅いだことがあると思ったが、トレイシーの結婚式でぶつかった時だったかもしれない。

「どうした？」

「いえ……その……香水……」

「香水？　何もつけていない。そういうのは好きではないんだ」

「え、そうなの？」

「整髪料か髭剃りクリームかな？」

「髭剃り……そうか、男の人なのですね」

それほど髭は濃くはないのかもしれない。

でもやっぱり男の人なんだと意識してしまう。

「髭を見たければ、そのうち毎朝見られるよ」

顔を寄せて耳打ちされる。

動揺して足を踏み、さらにワタワタとしてしまいよろけそうになった。

「ご、ごめんなさい。わざとじゃ……」

「君の体重が乗ったくらい、何でもない。それよりもう少し体を預けてくれないと、踊りにくい」

「でも、これ以上体を寄せたら……」

「こんなところで襲ったりしないから安心しろ」

「おそ……そんなことを心配しているわけでは……」

家族以外の男性との触れ合いなんて、ほとんどない。二年半前のことだって、本当にあったのか今では記憶も朧《おぼろ》だ。

なのにこうしていると、あの時のぼんやりした相手が、いつの間にかレオポルドと重なってきて、やるせなくなってくる。

「じゃあ、何が問題だ？　婚約者同士のダンスなのだから、仲がいいところを見せないと、周りが心配するだろ」

そう言われて私はちらりと親族席の方を見ると、私たちを見て皆と笑いあっている。

父が私の婚期の遅れに、少なからず責任を感じているのは知っていた。

ようやく長女にも春がやってきた、そうやって喜んでいる家族の期待には応えたい。

レオポルドに不満があるわけではない。無愛想だが、私を蔑《ないがし》ろにしているわけでもない。

これは私だけの問題だ。

一夜を共にしたのに、何も言ってこない不実な相手にもやもやするのをやめなければ。

でもいくら泥酔していたとしても、見境なく誰にでも体を許してしまうような人間ではないという自負が捨てきれない。

レオポルドとの縁談を進めて、後にその相手が名乗り出てきたら、自分はどうするのだろう。

レオポルドとは続けて三曲踊った。

家族以外の特定の相手とそれだけ踊れば、世間に私たちは特別ですと公言していることになる。

三曲目が終わって、足に限界を感じてしばらく休憩すると言った。

レオポルドはルディに呼ばれ、ルーファスと共にルディの義兄として歓談している。

私は渇いた喉を潤すため、注がれたワインのグラスをちびちびと飲んでいた。

レオポルドに、ワインは一杯までと口を酸っぱくして言われている。

従う義務はないが、飲みすぎてやらかした過去の失敗を思うと、ここは言うとおりにすべきだろう。

「あの、すみません」

「はい？」

声をかけられ振り向くと、若い女性が二人立っていた。

初めて見る顔で、年の頃はマーガレットと近いかもしれない。マーガレットの知り合いなのだろう。

「何か？」

「あの、スタエレンス伯爵家のレオポルド様と何かあるのですか」

「どうして？」

「ダンスを同じ方と何曲も踊られるのは、そういうことですよね」

「ええ」

私がそう言うと、彼女たちは互いに顔を見合わせる。

「お聞きになりたいのはそのことだけですか？」

「私たち……先日、国立劇場の最新公演の舞台を観に行ったのです」

「……はあ」

彼女たちは躊躇《ためら》った後にそう切り出した。

レオポルドの話から劇場の話？　話の先が読めない。

「女優のソフィー・クローデルが主演の恋と陰謀の物語なんです。相手役のジョルジュ・マルソーがとっても素敵で」

「そう……それは素敵ね」

「それで……あの、私と友人は舞台が終わった後、お気に入りの役者の方とお話しできたらなって、待っていたんです。そしたら……その……レオポルド様と一緒にソフィー・クローデルが……二人が馬車に乗ってどこかへ行くところを見てしまって……」

「それは……いつ？」

「三日前……それで、お見かけして驚いたのです。あの、告げ口するようで申し訳ないのですが」

「大丈夫よ。その件は私も知っているから、気にしないで」

「あ、そうなのですか……そうですよね……申し訳ありません。私の気の回しすぎでした」

「いいえ、気を遣わせてしまってごめんなさい」

「……それでは私たちはこれで……」

「ええ、今日は弟たちのために来ていただいてありがとう」

彼女たちに手を振り笑顔で見送る。

「ふう……」

レオポルドを探すと、まだルディやルーファス、ルディの友人たちと男同士で話をしている。

彼がこちらに顔を向けたのを気づかない振りして、視線を逸らして立ち上がった。

披露宴が行われている広間から廊下に出て、玄関前を通りすぎ、階段横を通って裏庭に回った。裏庭に下りる階段に腰掛けて、さっき聞いた話について考えた。

彼女たちに言ったのは嘘だ。

レオポルドがソフィー・クローデルと知り合いだということなどまったく知らなかった。

もしレオポルドがソフィー・クローデルと一緒だったとしても、なぜなのか見当もつかない。

彼だって過去に女性と付き合ったことがあるらしいし、女だけに純潔を求めるのも間違っている、大事なのはこれからだとも言った。これから互いに貞操を守ればいいと。

「あ、そうか……」

「何がそうなのだ？」

「ひゃぁっ」

びっくりして変な声を上げてしまった。

「こんな人気のないところで何をしている？」

「レ……レオポルド」

振り向くとレオポルドが真上から見下ろしてきた。

「どうしてここに？」

なぜ私の居場所がわかったのだろう。

「別に自分の家のどこにいてもいいでしょ。ちょっと一人になりたかったの」

顔を合わせられなくて下を向く。

今あのことを尋ねたら、なぜそれを知っているのか、誰が言ったのかと根掘り葉掘り聞かれるのは間違いない。

それよりも、もし肯定されたらどうする？　女優と仲がいいことを責める権利はない。

何も言わずレオポルドが隣に座った。

「言ったでしょ。一人に……」

「話したくなければ黙っている。だから私を拒むな」

「拒んでなんか……」

膝を抱えて俯くが、隣からすごく圧を感じる。

「そうか？　さっき目が合ったのに、顔を背けたように思ったが」

「気のせいじゃない？」

「私は何か、君の気に障ることをしたか？」

「別に……」

聞こえる声がなぜか弱々しくて、はっとして顔を上げると、すごく近くに顔があった。

「‼」

　菫色の目が、心の中を見透かすように見つめてくる。

「それとも誰かに何か言われた？」

　身長差があるから見上げることが多いが、今は抱えた膝の上に彼も頭を乗せているので、高さはあまり変わらない。

　まだ数えるほどしか会ったことのない目の前の男性は、私の顔色を窺い、私の顔を曇らせているものが何なのか探ろうとしている。

　どうしてそこまでこの人は私に近づこうとするのだろう。

　ほとんど嫁《い》き遅れ寸前だった私と、この人は本当に結婚したいのか。

　ソフィー・クローデル。

　芝居を観たことはないが、父が購読する新聞で絵姿を見たことがある。

　うねる情熱的な赤毛に深緑の瞳。通った鼻筋にほっそりとした顔。すらりとした手足と豊かな胸と。まさに国立劇場の看板役者。

「ソフィー・クローデル」

「え？」

　無意識にぽそりと呟いた。

「な、何でもありません。少し、風に当たりたかっただけで……」

「熱でもあるのか？」

すっと額に大きな手が翳《かざ》される。

「本当に……大丈夫ですから」

その手から逃れようと顔を背けたが、彼の動きの方が速かった。

逃げようとする私の肩を取り、その腕に抱き寄せられる。

「はなし……」

バタバタともがくが、すっぽりと広い胸に閉じ込められて簡単にはほどけない。

女優と今でも陰で会っているくせに。

結婚したら不貞はなし？

親が喜ぶから、仕事で必要だから。嫁《い》き遅れ寸前だから、こちらは少々のことなら文句も言わないとでも思っているのか。

彼はいつ、私と婚約しようと決めたのだろう。

ソフィー・クローデルと会った時には、もう決めていたのだろうか？

「離してよ」

ボカボカと、拳で彼の肩の辺りを叩く。

「何があったのか話すまで離さない」

「だから、何もないです。何かあったとしても、あなたに関係ありません。ただ、酔ったから風に当たりたかっただけです」

「本当に？」

「そうよ！　だから離して」

彼の肩をぐいっと押し退けると、彼は少し腕を弛め、私の言っていることが真実か確かめるように顔を覗き込んできた。

何でも顔に出るタイプとは思わないが、まっすぐに見つめる菫色の瞳は、心の底まで見透かすようで、居たたまれなくなる。

私でさえ、さっき聞いた話をどう受け止めるべきか決められないのだから、彼にそんな心の綾は見極められないだろう。だが、変に目を逸らせば勘繰られるに間違いない。

「今日はもうこれ以上飲まないことだ」

お酒のせいだというのを納得したのか、それ以上追及しても私が白状しないと悟ったようだ。

「コリーナ」

不意にレオポルドの菫色の瞳が揺れて、顎を捉えられる。

そして突然唇を塞がれた。

「あらごめんなさい。二人きりのところを邪魔してしまったわね」

声が聞こえ振り向くと、トレイシーがそこにいた。

キスしているところを妹に見られた。

「そろそろ披露宴もお開きみたい。最後に皆さんに家族揃って挨拶するというから、捜しに来たの」

「手間をかけさせて申し訳ない」

レオポルドが先に立ち上がり、私に手を伸ばして、立ち上がるのを助けてくれる。

「姉様、大丈夫？」

羞恥で顔を真っ赤にした私の顔をトレイシーが心配する。

「だ、大丈夫よ。すぐに行くわ。お父様たちにそう伝えてきて」

「わかったわ。なるべく早くね」

「私が責任を持つよ」

レオポルドが返事をして、トレイシーは先に行った。

「トレイシーが来ていたのを知っていたの？」

「彼女とは思わなかった」

「でも、誰か来たことはわかっていたのね。……私に恨みでもあるの？」

「恨みとは聞き捨てならないな。君は私に恨まれる覚えがあるのか？」

逆に問い返され、言葉が詰まる。

「お酒のせいでどこの誰ともわからない相手と関係を持ったふしだらな女には、何をしても文句を言われないとでも思っているんでしょ」

「自分を蔑《さげす》んでいるのは、自分自身ではないのか？」

反対に指摘されて、何も言えない。

気にしないと言いながら、一番拘《こだわ》っているのは私かもしれない。

「この話は後にしよう。皆が待っているから、会場に戻ろう」

言われるままに彼に連れられ、皆のところに戻った。

レオポルドと二人で戻ったのを父たちは何も言わずに微笑み、父の挨拶で披露宴は幕を閉じた。

玄関でルディたちと並び、招待客を見送る。

その中には、レオポルドと女優のことを教えてくれた子たちもいた。

「さっきは気遣わせてごめんなさい」

「いえ……出すぎたことを言いました」

小声で会話を交わし、彼女たちが隣のレオポルドを見て頬を赤らめた。

その意味が何なのか。

私の目は大きいが、かなりの節穴だったことに気がついた。

彼女たちもレオポルドに好意を寄せていて、私に嫌がらせをしたのだ。


「はあ〜疲れたぁ」

披露宴が終わって最後のお客を皆で送り出す。それからルディたちが新婚旅行に旅立つのを見送り、片付けを済ませようやく自分の部屋に戻ったのは夜遅くだった。

体力的にも精神的にも疲れた。

虫ひとつ殺さない顔をして、やることがあざとい。

いきなりの洗礼に対し、私の防御力はほぼないに等しい。

レオポルドからの攻撃にも女性からの攻撃にも、立ち向かう戦術などひとつも持っていない。

レオポルドとの結婚は、経験値のない私にはハードルが高すぎる。

コンコン。

「はい」

メイドのサニアが眠る前のいつものお茶を持ってきたのだろう。

部屋の扉が叩かれ、枕にうつ伏せになったまま返事をする。

「ありがとう」

カタリと寝台脇のテーブルに何かを置く音がして、お礼を言うため顔を上げて振り向いた。

「レ……」

入ってきたのはレオポルドだった。

「な、何で？」

彼にはそればかり言っている気がする。慌てて起き上がり、乱れた髪を手櫛で整えて居ずまいを正した。

「ペトリ卿が、泊まっていけと……ルディくんたちが旅立ってしまって少し寂しいみたいだ。新しい息子と酒を飲みたいと言うので……」

「私にはそんなことひと言も……」

私には吐かない弱音を、彼に言ったことがショックだった。

「娘には、いつまでも頼られる父親でいたいのだろう」

さりげなく、私が座る寝台の端に腰を下ろす。

「お父様は？」

「少し飲んだら酔いが回ったのか、もう休むとおっしゃられた」

「それで、あなたは何の用件でここに？」

「メイドがちょうど君の部屋にお茶を運ぶのに出会ったから、君の様子を見に」

「また泣いていると思った？」

「いや……君の部屋も気になったし」

部屋の中を見回し、最後に私の顔を見た。

ふいに夜中に男性と部屋に二人きりという状況が気になった。

いずれは結婚するとわかっていても、やはり緊張する。

「緊張しているのか」

「え？」

あっという間に彼に寝台に仰向けにされて、押し倒された。

脇腹のすぐ横に彼が手を置き、両膝で腰を固定された。

「ちょ……レオポルド」

両手で彼の腕を掴み押し退けようとするが、体重がかかっていて持ち上げられない。

「な、何をする気？」

「君の想像しているとおりのことだ」

「わ、私が何を想像していると？」

腕を掴み、ぐぐぐぐと持ち上げようとするが、びくともしない。

このままだとレオポルドに奪われる。

でも何を？

純潔はとうに失った……というか捧げた。記憶すらしていない相手に。

「婚約が決まったばかりでこんなこと……」

「これくらい追い詰めないと、君はすぐに身を引こうとするだろう？　放っておいたら君は私に近づこうとしないし、あれこれ理由をつけて婚約も白紙にしそうだ」

「……」

あながち嘘ではないと思い、言葉が詰まった。

「何しろ、初めて抱かれた男を簡単に忘れて、捜そうともしない。気にならないのか？」

「だって、どうすればいいのよ。覚えていないのに……」

「だから私が思い出させてやろう」

「え？」

「頭では覚えていなくても、体が覚えているはず。もう一度同じ経験をすれば、思い出すだろう」

「あ……」

そんな方法があったのか。考えもつかなかった。でも、初めての相手を思い出して、誰にとって得になるのだろう。今さら相手に責任をとってもらいたいと思わない。レオポルドだって相手を知ってどうするのか。

「まさか、相手がわかったらその人を捜して何かしようとしているの？」

思わず口をついて出た言葉に、レオポルドが眉間に皺を寄せる。

眼鏡を片手で外し、お茶の隣にフレームを畳まずにそのまま置く。

「その男を庇うのか？　君の純潔を無理やり奪った可能性もあるんだぞ」

「でも、乱暴なことはされなかった」

「覚えていないのではないのか？」

「いくら酔っていても、無理やりなら私だってきっと抵抗したわ。体だってあちこち痣や擦り傷ができていたはず。多分、だけど……」

「だが、男なら君くらい簡単に力で捩じ伏せられる。今も私の腕一本動かせないではないか」

「あなたは、どうだったらいいの？　今さら何をしても過去は覆せない。無理やりされた方がよかった？　もしそうなら、私はきっと怖くてあなたともできない。恐怖でパニックになってしまうかもしれない。でも、私も少なからずその人がいいなと思って、お酒の勢いでやっちゃったのかもしれない。ほかの人はどうかわからないけど、少なくとも、私はひと欠片の好意もない相手とはそういうことはできない……多分」

私の意思とは関係なく、手込めにされたと思いたい？　私は無意識に好意があって許したのか。どちらが私にとって、彼にとっての理想なのだろう。

「男も女なら誰でもいいと言うわけではない。顔でも性格でも体つきでも声でも、好ましく思うところがなければ、触れたいと思わない」

意外な言葉が彼の口から出て驚いた。淡々としているから、来るもの拒まずの人だと思っていた。

「もし、君にとってその体験が無理やりでなかったのなら、それを上回る体験を約束する」

「……私はするなんてひと言も……んん」

口を塞がれ、それ以上言うことはできなかった。

ゆっくりと試すような、探るようなキスだった。

何度も顔の向きを変え、食《は》むようなキスが続く。

レオポルドの両腕を掴んでいた私の手は、キスが深くなるにつれ力を失った。だらりと寝台の上に落ちる。

彼はその手を片方ずつ持ち上げ、自分の頭の後ろに乗せた。

彼の首の後ろに回された私の手は、いつしかダークブラウンの髪に埋もれている。

硬さと柔らかさがちょうどいい髪質で、指で掬《すく》ってはぐちゃぐちゃとかき混ぜる。

舌が差し込まれ、歯列や上顎を舐め回される。おっかなびっくり口の中で所在なくウロウロする私の舌を、彼の舌が迎えにきて絡めとる。

「ん……んん」

びちゃびちゃと、唾液の水音が耳の外からも中からも響く。

互いに唾液を呑み込み合い、唇を離すとツーッと白い唾液の橋が二人の間に架かって落ちた。

「はあ……」

とろんとして、気持ち良さにため息と共に声が漏れた。

これが恋人同士のキス。

あの時もこんなキスをしたのだろうか。

気持ち良すぎて、うまく頭が働かない。

私がぼんやりしている間にレオポルドの唇は顔全体にくまなく触れ、もう一度軽く唇に戻ると、顎から首筋へと下りていった。

彼の唇が与える刺激と湿り気、熱に翻弄される。

その間に片方の手が肩から二の腕、上腕、手首を撫で下ろし、脇腹からお腹に伸び胸を下から揉み上げた。

ドレス越しに大きな手で胸を覆われた瞬間、びくりと身震いし、何かが脳裏を過《よぎ》った。

私の体に緊張が走ったのを感じとり、レオポルドが体を起こす。

その左手は私の右の胸を包み込んだままだ。

知らずに止めていた息を吐き出すと、張り詰めていた胸が揺れる。

私を見下ろす菫色の瞳が、濃い紫に変わっている。

「どうかしたか？」

灯りのない暗闇に、自分を見下ろしていた誰かの頭がぼんやりと思い出される。

あの時もこんな風に、誰かに見下ろされた。

酔っぱらって、ベラベラと取り留めなくしゃべり続け、その相手に当たったり甘えたりした気がする。

相手はそんな私の愚痴を黙って聞いて、そして優しく何か言って頭を撫でてくれた。

「無理やりじゃなかった……」

あんなに優しく触れられたのは、母が亡くなってから初めてだった。

長女だから、周りの期待に応えようと頑張ってきたし、それを誇りに思っている。家族も無理に長女らしさを私に求めていたわけではない。私が望んでやっていたことだ。

だけど、自分だって時々誰かに甘えたかった。

あの手はそんな私が求めていたものをくれた。

なのに、なぜ私は忘れたのだろう。なぜ、あの人は私を残して何も言わず立ち去ったのだろう。

「コリーナ？」

感情が一気に溢れ、胸が苦しくなり涙が溢れ出した。

「……怖がらせてしまったか」

胸から手を離し、溢れる涙をレオポルドの指が触れて掬《すく》う。

「私……あんなに優しくしてもらったのに……どうして憶えていないんだろう」

まだ相手は誰だったたか、肝心の顔は思い出せない。なんて薄情なんだろう。

「泣くな……君の涙は……見たくない」

背中に回った腕が私の体を掬《すく》い上げ、胸に掻き抱かれる。

「ごめんなさい……あなたが悪いのでは……」

温かく力強いレオポルドに抱きしめられ、泣き疲れて私はそのまま眠りに落ちた。

素肌と素肌を直接触れ合わせ、隙間なく体を寄り添わせる。

大きくて長い指が、くまなく体をなぞっていく。

「はあ……」

手が触れた後を唇が追いかける。時折、唇が止まってはそこに刻印をするように吸い上げられ、その度に歓喜の声を上げた。

大きい手が乳房を包み込み、揉みしだきながら指がその中心をつまみ上げる。親指と人指し指で擦《こす》り合わせると、痺れるような快感が全身を貫いた。

初めて知る女としての喜びを、この手が与えてくれる。

「もっと……もっと触って」

初めてなのに、口をついて出てくるのは、さらなる快感を求め懇願する言葉。

お酒が理性を取り払い、より大胆に振る舞わせる。

「…………」

あの人は何と言ったのか。

「お願い……もっと触って……」

手でも口でもいい。この疼《うず》きを何とかしてほしい。体の内から、お腹の奥から涌き出る何かを汲み取り、疼《うず》く場所を満たしてほしい。


「………あ」

張り付くような喉の渇きを覚えて目が覚めた。あの時も、喉が渇いたと訴えると、渇いた喉に水が注ぎ込まれた。「起きたのか」と頭の上から声が聞こえて顔を上げると、枕に肘を立てたレオポルドがいた。

自分を見下ろすと服は着たまま。

「何もしていない。君の思っているようなことは……残念だが」

「私……寝てしまった」

「疲れていたんだ」

曲げた指の関節で頬を撫でられる。

「どうしてまだここにいるの?」

眠ってしまったのなら、そのまま放って出ていけばいいのに。

お預けさせた方としては身勝手だが、何もできないなら傍にいても仕方ないだろう。

もしくは無理に起こしてでも、始めたことを最後までやりきればよかった。

「戻ろうと思ったが……」

上掛けを少しずらすと、私の手は彼の服の裾を掴んだままだった。

「ご、ごめんなさい」

手を離したがもう遅い。シャツはすでにしわくちゃだ。

「無理やり引き剥がしてもよかったが、すがり付かれて悪い気はしなかった」

一体どういうつもりで彼の服を握りしめていたのか。

「ところで、あれはどういう意味かな」

「あれ？」

「『無理やりじゃなかった』、確かそう言っていた。何か思い出したのか？」

「私……そんなこと言いました？」

「ああ、それから『どうして憶えていないんだろう』とも……」

その後泣き疲れて眠ってしまったらしい。

「何か思い出したのか？　相手の顔は？」

「いいえ……思い出したのは……一部だけ……」

「そうか……」

レオポルドは残念そうに呟いた。

「ねえ……もしかして、あなたは何か知っているの？」

「何かとは？」

「あなたもあの日いたのだから、私が誰かといたのを見たのでは……」

ほかにも見た人がいたのかもしれない。隠すのに必死で相手を捜さなかったから、誰にも聞いていないが、私が部屋まで運ばれる姿を見た人は一人や二人いたはずだ。手っ取り早く人に聞けばいい。聞けばすべてを思い出すかも。

「君は本当に思い出したいのか？　何か思い出したくない理由があるから、思い出せないのでは？」

レオポルドはなぜか私の考えに否定的だ。

「どうしてそんなことを言うの？」

「いや……ただ、お酒に呑まれてそこまで忘れられるものなのかと……私には経験がないから」

「レオポルドはさぞお酒がお強いんでしょうね」

「どうだろう。強い方だとは思う」

「羨ましい」

「羨ましいか？」

「自分にないものを持っている人を見ると、羨ましくなります」

「それだけか？」

「ほかに何があるんですか？」

質問の意味がわからない。羨ましいと思ったからそう言った。何が気になるんだろう。

「時に人は自分にないもの、持っていないものを持つ相手に対し、羨望を通り越して妬みや嫉みを抱く。それがすぎると逆恨みをしたりする」

「お酒が強いからって妬んだりしません。でも……」

「でも？」

「せっかくお酒を飲んでいるのに、全然酔わないのも面白くないですね。それじゃあ水と同じではないですか。もったいない。時には忘れたいと思うこともあるでしょ。もしくは羽目を外したい時とか……それができないのも気の毒ですね。一緒に騒ぐこともできない」

「確かに……飲んで人格が変わる者もいる。適度に飲んでいれば酒は緊張をほぐしたり陽気にさせたりするが、それで身を滅ぼす者もいるから気をつけることだ」

「人を大酒飲みみたいに言わないでください。ただ、ちょっと記憶がないだけで……」

「そうむきにならなくても……君は素直すぎる」

貶《けな》されているのか褒められているのか、どっちだろう。

「ところで、私の両親との顔合わせだが、二日後ではどうだろう。お父上にも了承をもらった。異論がなければ両親にも伝えておく」

昨夜すでに父とそんな話をしていたことに驚いた。手回しがいい。

「わかりました」

私が頷くとレオポルドは嬉しそうに微笑んだ。

それからレオポルドはいつ頃式を挙げるか、どこに住むかなど、あらかじめ決めていたかのようにてきぱきと話を進めていく。

婚約が整ったら貴族院に届出を出す。二人の婚姻が、それで公になる。

彼の両親はいずれ領地に居を構えるつもりらしく、ずっと王都で同居するわけでないらしい。

息子の結婚が決まったら、本格的に爵位継承の準備をするそうだ。

私との結婚で、スタエレンス伯爵家の代替わりという大きな転換を迎えることになる。

「女性は結婚について、もっとあれこれと希望があるものではないのか?」

「家族が祝福してくれればそれで。できれば式だけでも……そういうわけにはいきませんよね」

誰が見ても男前のレオポルドと並んで立つ自信がないとは言えない。

「仕事関係の人もいる。いずれ私も父の跡を継いで伯爵になる。型どおりの披露宴は必要だ。本当に希望はないのか？」

「あの、では、花嫁衣装は母のものを……」

トレイシーも着た母の形見の花嫁衣裳。トレイシーの時に一度直しを入れたが、妹と体型はそれほど変わらないので、直しもそれほどかからないだろう。

「わかった。希望に添えるようにしよう。それから、式の準備はできれば私の母にも協力させてほしい。それが母の夢なので」

「わかりました。でも、父の再婚相手の方にも一応聞いてみませんと……生母は亡くなっていますが、彼女のことも立てないと」

多分、ジーナさんは自分が平民だということで、すべてスタエレンス伯爵夫人にお任せすると言うだろう。でも、彼女も義理の母であるのだから、義理は通さないといけない。

「主役は花嫁だ。君の意向をできるだけ取り入れよう」

朝日の差し込む私の部屋に、レオポルドがいるのは不思議な光景だった。

この前まで他人同然だった人が、今は誰よりも近くにいる。

私は生娘ではないと言ったが、彼も童貞ではないと言っていた。冷徹の貴公子でも、それなりに女性遍歴は激しいのかもしれない。

結婚するということは……彼とするんだ。昨夜は未遂に終わったが、その日は近いかもしれない。

初めての経験はまったく記憶にない。

いつか思い出す日がくるんだろうか。

何か大事なことを言われた気がするが、思い出せない。

レオポルドは多少無愛想で取っつきにくそうだが、価値観は好感が持てる。

先入観や偏見を持たずに向き合えば、案外うまくいくのではないだろうか。

それに彼は、私が生娘ではないことを知っても納得して受け入れてくれた。

誰かが言っていた。

結婚してもいいか考えた時、その人とセックスしてもいいと思えるか想像して、無理ならうまくいかないと。

レオポルドとできるかと考えたら、できる。

だから、これでいいのだ。

第二章

ルディの結婚式から二日後のお昼前、父、ジーナさん、私の三人でスタエレンス家のエントランスに立った。

「ようこそ、皆様。この度は、素晴らしいご縁をいただいて、喜んでおります」

「それはこちらの方です。誠に、我が家にはもったいないお話で、光栄の限りです」

伯爵夫妻が出迎えてくれて、父とお決まりの挨拶を交わす。

レオポルドは父親似だとすぐわかる。違うのは髪の色くらい。伯爵は明るい金髪で、レオポルドの髪色は母親である夫人から譲り受けたものだった。

長身の伯爵と違い、夫人は彼の胸辺りまでの身長で、どちらかと言えばふくよかだった。

見た感じはジーナさんに似ている。

二人もそれに気づいたのか、初対面で何となく波長が合うようだった。

伯爵夫妻の後ろには、いつものようににこりともしないレオポルドが立っていた。

終始ニコニコしている伯爵と優しそうな夫人から、どうしてこんな無愛想な息子が生まれたのだろう。

彼の発する威圧感に、ジーナさんは完全に圧倒されている。

「スタエレンス伯爵、改めて娘のコリーナです」

「お招きいただきありがとうございます」

紫を基調とした花柄のドレスを着た私は、まずは伯爵夫妻に挨拶をした。

「いらっしゃい、会うのはルーファスの息子の洗礼式以来かな」

「はい」

レオポルドとはこの前が二年半ぶりだったが、伯爵夫妻とは十か月ほど前、トレイシーの息子の洗礼式で会っていた。

「あの時はこんなご縁になるとは……人の縁とは不思議なものです」

「お会いした時から可愛らしいお嬢さんだと思っていたのよ」

「とんでもございません」

「あら、嘘ではないわ。ねえ、レオポルド」

流石《さすが》に可愛らしいと言われる歳ではない。恥ずかしくなって否定すると、夫人はすぐ後ろに立つ息子に同意を求めた。

そうだね、などの社交辞令が彼の口から聞けるとは思えない。夫人は息子がそんなことを言うと信じているのだろうか。

私の頭から全身を眺め、視線を外してひと言「そうだな」と、感情のこもっていない声で答えた。

無愛想な彼が私の容姿に対する褒め言葉を言うとは思っていなかったし、言われたところで居心地の悪い思いをするところだったので、ある意味予想できた反応だった。

「ほほ、ごめんなさい。いつもこんな調子なのよ。でもコリーナさんをとても気に入っているのは確かよ」

息子の対応に夫人は慌てて謝ったが、気に入っていると言う根拠はどこからくるのだろう。嫌ってはいないだけで、それ以上は何とも思っていないように見える。

「気を悪くしないでくださいね。無愛想だけど、根は悪くないの」

「いえいえ、簡単に女性を褒める男性よりはいいですよ。うちの娘も見かけは悪くないとは思いますが、ご子息の男前ぶりはまた別格ですね。それに私の知り合いも何人か官僚を務めておりますが、とても優秀だとお伺いしましたよ」

父がレオポルドの優秀さを褒める。

「親の私が言うことではありませんが、昔から勉強ばかりしていましてね。少しは体を鍛えろと剣技なども習わせたところ、なかなか筋がいいと指導者にもお墨付きをもらいました」

「それは素晴らしい。うちの息子は、お恥ずかしながら私に似たのか、武芸は今ひとつで。一緒に習っていたコリーナの方が筋がよかったくらいです」

「ほう、お嬢さんは少し心得が？」

「昔の話ですよ。運動神経は悪くないという話で、今は何もしておりません」

慌てて父が軌道修正する。実は今でも時々父やルディと肩慣らし程度には剣を交えている。

貴族の子弟の嗜《たしな》みとして、剣は必須だ。

ルディは剣では芽が出なかった。それで文官の道を志したくらいだ。

反対に私の方が、ルディを教えてくれた剣の師匠から筋がいいと褒められた。

貴族の子女の腕が立つと知られたら、この婚姻に障りになると父は考えたのだろう。

「ここで立ち話も何ですから、こちらへどうぞ。お茶をご用意しています」

伯爵がそう言い、夫人と共に先に歩き出した。

「レオポルド、コリーナさんをちゃんとエスコートしてあげてね」

夫の手を取り歩き出した夫人が振り返り、息子に指示する。

伯爵夫妻に続き、父たちも手を取って後ろをついていく。

ちらりとレオポルドを見ると、言われたとおり私に向かって左手を差し出してきた。

上目遣いに彼を見ながら、おずおずとそこに自分の手を乗せた。

私の手はそれほど小さくないが、彼の手に比べるとずいぶん小さく見える。

ああ、これが私の夫になる人の手なんだと、不思議な気持ちになった。

彼の手は硬いがしっとりとしていて、少しひんやりとしている。

「私の手が何か？」

重ねた手をじっと見つめたままだったので、不審がられてしまった。

「あ、いえ……」

ルディの結婚式の夜を思い出し、慌てて顔を上げた。

菫色の瞳がじっとこちらを見る。意外に顔が近くにあって驚いた。

「あなたたち、早く来なさい」

伯爵夫人が少し先で私たちを呼ぶ。

「行こう」

「はい」

レオポルドに手を引かれ、歩き出した。

指が長くて大きい手。この手に自分は抱かれるんだと、はしたなくも思った。

記憶の片隅で、何かが蠢《うごめ》いた。

そう言えば、どこの誰かわからない、私にとって初めての男性の手はどんなだったのか。

レオポルドと同じような感じだろうか。

私はその人に無理やり犯された？　それとも私が望んだのか。

どう考えても乱暴されたような恐怖はなかったように思う。

だったら、私はその人を少しは好きだと思っていたんだろうか。

これから結婚するレオポルドの隣を歩き、ほかの男性を思い出していることを申し訳なく思いながら、私はその人のことを忘れたいのか思い出したいのか、自分自身わからなかった。

辿り着いたのは、庭に張り出した形で設置されたサロンだった。

ガラス張りの天井から陽光が降り注ぎ、外に面した扉を開ければ、風が流れる。

大きな円卓を囲んで六人でお茶とお菓子を戴いた。

「この子の上に二人、下に一人、三人の娘たちの結婚式に携わってきましたので、いろいろ私に任せてくださいね」

「まあ、頼もしいですわ。私は息子しかおりませんし、花嫁側の支度や、ましてや貴族社会のことなどわかりませんもの」

話をしていると、伯爵夫人とジーナさんは食べ物や本の趣味が合って、おまけに贔屓《ひいき》にしている舞台役者も同じだとわかった。すっかり意気投合し、ジーナさんは夫人に心酔している。

二人で式についていろいろと盛り上がっている。

父親たちはそんな二人とは別に、互いの事業について話をしている。

自分たちの結婚式なのに、私とレオポルドは黙ってお茶とお菓子を口に運ぶだけだった。

「コリーナさんはお母様の形見の花嫁衣裳を着ることを希望されているそうね」

「はい。妹が着た時に少し手を入れていますので、体型が似ていますし直しはそれほどいらないかと」

「では、少し装飾を足して、同じ衣裳だとわからないようにしましょう。それから披露宴に着る服は新調しましょうね。何か希望はあるかしら？」

「特には……」

「それでは、ひとつは紫を基調としたものにしましょうね。レオポルドの瞳の色ですもの。今日のドレスもとてもお似合いだわ」

「あ……」

今気がついた。そう言えば、彼の瞳は菫色だ。これじゃあ、彼に夢中みたいだ。

彼もそう思っているのかな？

隣で顔色ひとつ変えずお茶を飲んでいるレオポルドを見ても、答えは見つからない。

「レオポルド、黙っていないで、コリーナさんにお庭でも案内して差しあげなさいな」

「そうしなさい。ここにいても退屈だろう」

「そうだな、ここは若い者同士で」

夫人が息子に指示すると、父親たちもこぞって勧める。

いきなり二人きりの展開に彼も困るだろうと思っていると、彼はカチャンと持っていたカップを置いて立ち上がった。

「行こう」

そう言って手を差し出されて、四人に目で訴えられては断れない。

「はい」

再び私は彼の手に手を添えて、二人で庭に面した扉から出ていった。

そのまま黙って歩く。親の目が届かない場所辺り、蔓薔薇《つるばら》を綺麗なアーチ型にした通路が現れた。

「まあ……」

思わず感嘆の声を上げる。レオポルドはそのアーチを潜ってその先へと進んでいった。

そこは少し円形に垣根を刈り込んでいて、真ん中には煉瓦で囲った花壇があり、多くの種類の花が寄せ植えられていた。

私たちが潜ってきた場所とは違う方向にも薔薇のアーチがあと二か所、どこかに繋がっている。

外側にはベンチが置かれていて、座って庭を眺められるようになっている。

お庭に案内しろと言われるだけのことはある。

「素敵なお庭ですね。うちではここまでとても手が回りません」

素直に感心する。本当に綺麗な庭だった。隣に無愛想なレオポルドがいることを差し引いても、庭の見事さに感嘆する。

「あの、しばらくここに座って眺めていてもいいですか?」

沈黙が辛くてそう言うと、彼は一番近くのベンチに行き、軽く埃を払うとポケットから出したハンカチを敷いて私の座る場所を整えてくれた。

「ありがとうございます」

すっかり身についている紳士な態度に感心して、素直にお礼を言った。

私が座ると、この前のように彼は密着して座る。距離が近いのは気のせいだろうか。

「素敵なご両親ですね。ジーナさんが楽しそうですし、伯爵夫人が気さくな方でよかった」

彼女は私以上に、今日ここに来ることを怖がっていた。

親戚付き合いもうまくいきそうでほっとする。

「あの……偶然なので、深刻に取らないでくださいね。たまたまなので……」

気になっていたことがあって切り出した。レオポルドを見ると、何のことを言っているのかという顔をしている。

「服の色、わざとではないのです。本当にたまたま……あなたの瞳の色は今思い出して……」

結婚が決まり、家族の初顔合わせで気に入られるために選んだと思われていないか気になった。気に入られる方がいいに決まっているが、「結婚」と聞くだけで浮足立つ夢見るお年頃ではない。

「ああ……母が言ったことは気にしないで……四人も子どもを持っているのに、いまだに恋物語が好きらしい。三十前の息子の結婚にロマンスを求めたいだけだから」

「それはそれで、悪いことではないですが……」

「他人ならいいが、それに付き合わされるのも困りものだ。君はそうでないことを願うよ」

レオポルドはどうやらロマンスはお好みでないらしい。

「私も……花などにたとえられて、恋の歌を歌われるのは恥ずかしいです」

好きとか愛しているとか、告白されてみたいとは思うが、正直男女の間の愛情というものがよくわからない。

「大切にするし、裏切ることはしない。妻として、いずれ生まれてくる子の母として尊重する」

真面目なのだろうな、この人と一緒なら家族は安心するだろう。彼と結婚できることは人生のご褒美だと思おう。

「えっと……仕事は何をされているんですか？」

ルーファスから聞いたかもしれないが、外交関係というだけで、あまり詳しく知らない。

「今は、外務大臣の補佐官をしている」

「え、大臣？」

いきなり外務関係の一番偉い人の名前が出てきて驚いた。

「すごいですね……」

「別に……ほかに適任者がいないだけだ」

大したことないように言うが、ほかに適任者がいないということは、彼がその職に就くだけの能力があるということ。抜擢されたのだとわかる。

顔がよくて優秀で、剣の腕も立つ。

出世のために結婚が必要だとか、相手を探すのは面倒だとか言ったが、本当に私でなくても相手なんて簡単に見つかるのではないだろうか?

彼を仰ぎ見たその瞬間、ざっと風が吹いて辺りの土を巻き上げ、私の目に砂粒が直撃した。

「あ、イタ!」

「大丈夫か?」

両目を瞑《つぶ》り、目をごしごし擦《こす》ると、その手をレオポルドが掴んで止めた。私は涙を浮かべながら辛うじて片目だけを開けて、彼を仰ぎ見た。

ペロリ……彼の舌が開いた方の目の縁《ふち》を舐めた。

「……!!」

びっくりして、声にならない悲鳴を呑み込んだ。

驚いている私の顔を見て、レオポルドは今日初めて微かに笑った。

これまでが無愛想だっただけに、ほんの僅《わず》かに笑っただけで度肝を抜かれた。

冷徹の貴公子の笑顔。

「な、何で」

やっとのことでそれだけ絞り出す。

「目が大きいからではないか？」

「いえ、砂が入ったことではなくて、どうして舐めたのですか！」

「あいにくハンカチは、君のお尻の下にあるので」

「だからって舐めるなんて子どもじゃないし」

「そうだな……子どもじゃない」

「わかっているなら……む……むふ」

顔を突き出して文句を言いかけたら、今度は唇を塞がれた。

「んんん」

いきなり今度は口をつけられ、驚いた拍子に息を吸い込んでしまった。ばんばんと払い除けようと彼の肩を叩いたり押したりするが、まったく動かない。

それどころか、ベンチの背もたれへと押しつけるように迫ってくるレオポルドの体に挟まれて、胸が圧迫されてさらに息苦しさが増した。

呼吸を求めて唇を開けば、すかさず舌が侵入してきて、歯列や上顎を舐め回された。

これ以上口を塞がれていたら生命の危機だと思った頃に、ようやく唇が解放された。

それでも体は押しつけられたままなので、逃げられない。

「キスは慣れていないのか」

「な、慣れるとか……その……そっちの方はあまり……」

「ならそちらも慣れておく必要があるな」

レオポルドってこんな人だったの？

普通は砂が入ったとはいえ、大の大人が舐めたりするだろうか。

経験があると言ったが、経験豊富なわけではない。体を許したのもあの夜一度きり。

本当ならお互い名乗りあって、少しずつお付き合いを重ねる。そして手を繋ぎ、どこかのタイミングでまずはキスから始める。

恋愛小説にはそう書いてあった。

それらをすっ飛ばして、しかも覚えていないなんて、今さらながら情けない。

「ところで、あの日以来、何か思い出したことは？」

「いえ」

「そうか」

「あ、でも向こうは覚えているはずなのに、何も言ってこないところを見ると、向こうも公にはしたくなかったのかもしれません」

婚約者と自分の初体験について語り合うとはどういう状況なのか。

「そういうあなたはどうだったのですか？」

私ばかりしつこく訊かれるのはなんだか面白くない。他人の、しかも結婚する相手に尋ねていいかわからないが、単純に気になる。

どんな女性を抱きたいと思うのか。

それより婚約したばかりの男女の会話って、普通は何を話すんだろう。

もっとお互い何が好きとか嫌いとか、どんな夫婦になりたいとか、結婚式はどうするのかと話すものなんだろうけど、私と彼はスタートからなんだかおかしい。

「他人の性体験に興味があるのか？」

「べ、別に……ただ、私でいいと言うあなたの趣味ってどんなものかなと……あなたなら、もっと若くて綺麗なお嬢さんを選り取り見取り……」

「そういう女性なら、私でなくても相手はいくらでもいるだろう」

「そ、それはそうですが……でもわざわざ残り物をあなたが引き受けなくても」

「その言い方は気に入らないな」

「え？」

レオポルドがまたもや私の言葉を遮り、私を抱き寄せている腕の力を強くする。

「どうして自分を売れ残りのように言うのだ」

「え……でも……世間では……」

顎を掴まれ、顔を背けられないように固定される。またもや彼の顔が目の前に迫ってくる。

「自分を物にたとえる君の考えでいうなら、私にとって君は十分商品価値がある、掘り出し物の一点だ。年数を経たからこそ味がある」

「ひゃ、ひゃあ！」

味見するように彼が私の左耳を舐めあげ、思わず変な声が出た。

「み、耳を……舐め……」

そのまま舌先が耳の穴に差し込まれ、耳たぶに歯が当たる。彼の大きな口が耳全体を包み込み、容赦なく舐めたりかじったりして玩《もてあそ》ばれる。

ぞくぞくした感覚が体を走り、肌がざわつく。

「ん……はぁ……あ……」

今まで出したことのない艶っぽい声が口から漏れ、レオポルドから小さな笑い声が聞こえた。

「もっと聞かせろ」

そう言って、親指で私の下唇をなぞる。

「あ……ん」

顎を掴む手と反対の左手が背中を這い上がり、脚の付け根が疼《うず》き始めた。

「や、やめ……レオ……ポルド」

耳を舐めていた口が次第に首筋を辿り、襟元に沿って這っていく。いつの間にか顎から手が離れていて、その手が今度は服の上から胸を包み込んだ。

さっきの私の質問に対する答えがそこにあった。あきらかに女性慣れしているレオポルドの手と口の動きに、乏しい経験しかない私はすっかり翻弄されている。

あんなことを言ったから、簡単に体を許す女だと彼に思わせてしまったのかも。

「レオポルド……こんなこと……」

抗議の声を上げる暇もなく、またもや唇を塞がれた。

「！　……ん……んん」

荒々しくまるで罰を与えるような口づけだ。

甘い言葉は正直好みじゃない。蝶だ花だとたとえられても、こそばゆいだけだ。でも、強引に奪われることを受け入れる自分が信じられなかった。もしかしたら自分は流されやすいのだろうか。

でも、ここは外でまだ日は高い。このままでいいわけがない。

手探りで彼の肩に手を置いてぐっと押すと、レオポルドも抵抗せずに唇を離した。

「いくら経験があると言っても、ほいほい何でも許すとは思わないで」

「憶えていないくせに」

「う……それは……あの時はお酒が……」

「何でも酒のせいにしていいのか？」

「そ、それは……それは……でも、相手だって私が憶えていなくても、起きて出ていく余裕があったのに、何も言ってこないのはそういうことでしょ。向こうがなかったことにしたいなら、無理に思い出す必要は……」

「事情があったからとは思わないのか？」

「は？」

なんだか腹が立ってきた。

同じ男として、やり逃げを擁護しているように聞こえる。

「あなたはその人の味方なのですか？」

「そういうわけではない。だが……」

「確かに何でもお酒のせいにしていいわけじゃないし、多分私にも隙があったのだと思います。でも、相手だって連絡を取ることができたはずでしょ！」

「それができなかったとしたら？」

やたらと相手の男を援護する。やはり彼は相手が誰か知っているのだろうか。

彼だって披露宴には来ていた。私が誰かと一緒にいる場面を見かけたのかもしれない。

「もしかして……」

「あら」

言いかけた時に、レオポルドの背後から女性の声が聞こえた。

彼が覆い被さっているので誰かはわからなかったが、誰が来たのか想像はつく。青くなる私を尻目に、レオポルドは落ち着き払い、私を見つめる。

レオポルドが振り返って体をずらした。さっき通ってきた薔薇のアーチの下に伯爵夫妻が立っていて、その向こうには私の父たちもいた。

「お邪魔だったわね。ごめんなさい。そろそろ中に入ったらと呼びに来たのだけれど……」

「あ、あの」

「もう少し気を利かせてください」

言い訳しようとする私の言葉を遮って、レオポルドが文句を言った。

あきらかに良いところを邪魔されたような言い方だ。

「いい大人だからうるさいことは言わないが、ご両親の手前もあるのだから、慎みなさい」

「はは……まあ、そういう相性を見るのも大事ですし……結婚してすぐに出産でも構いませんよ」

私の父が苦笑いしながら言う。親たちの生暖かい視線が痛い。

「彼女とまだ少し話がありますので、先に戻ってください」

レオポルドが言い、話などないと言う私の口を塞ぎ、親たちの前に立ち塞がった。

軽く睨み付けるが、彼はまったく気にしていない。

「では、先に行く。すぐに来なさい」

「わかりました」

親たちが「仲がいいな」「これなら孫の顔もすぐに見られるのでは」と言いながらい

なくなるのを待って、私はレオポルドの胸を叩いた。

「わざとでしょ！」

「何がだ？」

思い切り叩いたつもりが、彼はびくともしない。

「皆が来ると知っていてあんなこと……」

ルディの結婚式でもトレイシーが近くに来た時にキスをしてきた。

「酷い誤解だ。証拠はどこにある？」

「この、腹黒！」

慣れない悪態を吐くと、本日二回目の微笑が彼に浮かぶ。

「けっこう……好きに呼べばいい。冷徹の貴公子とか腹黒とか、他人が勝手に私を判断してつけた言葉に何の意味がある？　私はただ自分の能力を最大限に発揮し、期待以上に応えているにすぎない。君が私を腹黒と思うなら、そう思えばいい」

「どうして……あんなところを見られたら、恥ずかしくてどんな顔をしたらいいか……」

「結婚したら、それ以上に親密なことをするんだ。身を寄せ合っているくらいで大袈裟だな」

「私をからかって楽しい？」

「からかってなどいない。至極真面目だ。それに母も言っていただろう、私は君を気に入っている」

「嘘よ！」

「どうして嘘だと？」

「だって、私を気に入る要素なんて、あなたとのやり取りの中のどこにあったの」

そう言うと、彼はからかっていた口元を引き締めた。

「君が知らないところでだ」

「は？」

意味がわからず尋ね返した。

「それよりいい加減戻らないと、親たちがまたやきもきしている。戻ろう」

私の手を引っ張り、レオポルドはスタスタと歩き出した。

「ちょっと、そんなに強く引っ張らないで。それに歩幅を考えてよ、追い付けない」

私がそう言うと、彼は一度立ち止まって振り返り、その後はゆっくり私に合わせて歩いてくれた。

相変わらず彼の手はしっとりとしていて、少し冷たかった。

「貴族院には明日、私が届けておく」

先ほど潜ってきた蔓薔薇《つるばら》のアーチを再び通っている時に、前を向いたままレオポルドが言った。

「本当に……いいのですか？」

考え直すなら今のうちと、レオポルドに再確認する。

「それは……自分に言い聞かせているのか？」

見返す菫の瞳が冷気を放っている。

「違います」

「なら、二度とそんな質問はするな」

「……わかりました」

彼が私を気に入っているという言葉はいまだに信じられないが、婚約については本気なのだと伝わった。

「心配していたが、結構仲良くやっているみたいだな」

「父上たちが来なければ、もっと仲良くなれました」

親を邪魔者扱いした発言だったが、親たちは怒るどころか互いに目配せしている。

ああ、穴があったら入りたい。

「私たちで話し合ったのだけれど、少しでも早くコリーナさんに我が家に慣れてもらいたいの。結婚式を待たずに家へ来てくれないかしら？　ほら、式のことなどいろいろと決めないといけないし、通いでは大変でしょ。ジーナさんには頻繁に我が家に通ってもらうから」

ほぼ決定事項のように伯爵夫人が言った。

「でも……」

「もちろん、お前の気が済むまで家にいればいい。邪魔者扱いしているのではないからな。少しでも伯爵家に馴染むようにとのお心遣いだ。それだけお前を気に入ってくれているのだよ」

追い出そうとすると勘違いしないように、父が説明する。

「それはいい案ですね、母上」

私がもう一度「でも」と言う前に、レオポルドがその案に同意した。

「家にコリーナがいると思うと、毎日帰ってくるのが楽しみになります」

さらりと惚気《のろけ》る口が憎らしい。

「まあ、もう新婚みたいで羨ましいわ。愛されているのね、コリーナさん」

ジーナさんが嬉しそうに言う。親たちの祝福ムードに何も言えない。ようやく決まった私の結婚に、幸せになってほしいという親の思いが突き刺さる。

五対一。

私に勝ち目はなかった。

第三章

一週間後にスタエレンス家に移ると決まり、ジーナさんにも荷造りを手伝ってもらった。トランクに当面の衣装や下着などを詰め、母の形見の花嫁衣裳も別のトランクに詰めた。

「後の荷物はまた必要な時に取りに来ます」

「そうね。この部屋は、あなたが里帰りした時に使えるように風を入れておきますよ」

後は何が必要だろうかと考えながらトランクを閉じると、ジーナさんが傍に来て何か聞きたそうに見つめてきた。

「何ですか？」

「私はあなたの本当の母親ではないから、言い難いこともあるでしょうが、母親としてではなく、同じ女性として相談には乗れると思うの。結婚は二度目だから、経験もあるし……その……あのこととか」

ジーナさんなりに気にしてくれている。

多分、夜の夫婦生活について、アドバイスしようとしてくれているのだ。きっと私が未経験だと思って気遣ってくれているのだ。実はもう一度しています。と言ったらどう思うだろう。

「頼りにしています。ジーナさんは初めての時、やっぱり不安でしたか？」

「下町は貴族と違ってもっとあけすけだから、近所のおばさん同士、夫婦生活について大きな声で話していたものよ……個室なんてないし、隣の家の声だって聞こえてくるわ。だから、男女の関係なんて綺麗事ばかりじゃないことも早いうちにわかってくる。男性の言いなりばかりではだめなことも、女性にだってそういう欲はあるってことも……私の初体験は十七で、近所の幼馴染みよ。最初の夫と結婚するまでに三人と恋人になったわ。前の夫と死に別れてからは子育てで余裕がなくて、あなたのお父様とお付き合いするまでは誰もいなかったけれど」

「そうなんですね」

意外な話に驚いた。二十五歳で初体験し、それ以来一度もない私とは大違い。

「もちろん、結婚してからはエリオットひとすじだけど、経験と知識はあるつもりなの。

自慢じゃないのよ。でも、結婚準備は私はお役に立てないから……」

「そんなことないです。嬉しいです。頼りにします」

　完全にジーナさんを見る目が変わった。

「私は少ない方だと思いますよ。私の友人はお付き合いした人の数は、片手では足らないらしいですから」

「すごい……」

　記憶にない人に操を立てている感じの私からすれば、とんでもない。

「あ、でも誤解しないで。たくさんの方と付き合うのがいいと言いたいのではなくて、これからレオポルドさんと体の関係を結ぶでしょうから、その面では相談に乗れると思って」

「わかっています。私は経験不足で……というか、恋愛も満足にしたことがありません。恥ずかしい話……まともに男性とデートしたことも……」

「これからですよ。早いとか遅いとか、多い少ないではありません。でも、せっかくのご縁ですから、大事にしてほしいわ」

「あの……聞いていいですか？」

「何でも聞いて」

「男性は好きでもない女性とも……その……できてしまうものなのでしょうか」

「え！」

私の質問が意外だったのか、ジーナさんは驚いていた。

「レオポルドさんと何かあったの？」

彼の名が出てはっとした。

「ルディさんの結婚式の後、彼があなたの部屋に来たのは知っているの」

「彼とは……話をしただけで特に何も……」

「そう……あの、別にそうなったとしても、あなたをはしたないなど思わないわ。さっきも言ったように、私はそういう関係も互いに同意しているならありだと思っているから。エリオットには言っていないから安心して。男親は娘のこんな話は聞きたくないでしょうし、伯爵家を訪れた時に見た光景だけでも少しショックだったみたい」

ジーナさんがこんなに性に対して奔放な人だとは思わなかった。

「どうしてさっきのような質問を？　もしかして、逆に何もなかったから心配しているの？」

「あ……いえ……実は話をしている途中で私が眠ってしまって……彼はそんな私を気遣って何も……私が彼の服を掴んで離さなかったからずっと傍にいてくれて」

これでは彼の聖人君子ぶりを披露しているだけだ。

「まあ……それで、彼はそのことであなたを怒ったりしたの？」

「怒ってはいませんでした。疲れていたんだろうって……」

目が覚めていろいろ話はしたが、彼は罵ったりはしなかった。

「優しいのね。あなたを気遣って、大事にしてくれているんだわ」

「そう……思いますか？」

「もちろんよ。人によっては、寝てしまうなんてどういうことだと怒る人もいるのよ。妻なら従うのが当然と考える人もいるもの。妻をタダで抱ける娼婦みたいに扱う人もいると聞くわ」

「そうなんですか……」

彼はそんなことでは怒らなかった。

私はレオポルドのことをほとんど何も知らない。彼の考えも思いもまだまだ知らないことが多い。

「さっきの質問だけど……確かに体だけが目的の男性がいないとは言わないわ。だから強姦事件があるし、娼館だってあるんだもの。でも、男性にもそれぞれ好みがあって、年齢とか顔とか、やっぱり少しはいいと思えなければ、触りたいとは思わないはずよ」

「じゃあ、女性の方から迫ったりすることはどうなんでしょう……」

記憶になくても、酔って自分から誘った可能性もある。私のやったことはまさにそれだ。

「私も男性じゃないし、いろいろな人がいるから断定はできないけど、そこまでされたらよほど嫌いな相手でなければ手を出してしまうのではないかしら」

じゃあ、レオポルドはどうなんだろう。無理に眠った女性に手を出す人とは思いたくない。けれど、突然キスしたり耳を舐めてくるし、それなりに手は出してくる。

「でも、男性にもやりたくない時もあるみたいだし、逆に女性にも性欲はあると思うの。気持ちよくなりたい。この人の特別になりたい。究極はこの人の子どもが欲しい。本能でそう思うらしいわ」

私はレオポルドの何になりたいのだろう。

「あの、コリーナさん、本当にレオポルドさんと何か？」

ジーナさんが心配して尋ねてくる。

「何も……でも、よく知らないうちに結婚を決めてしまっていいのかと……トレイシーやルディは、結婚を決める前にお付き合いをしていたから……」

「マリッジブルーね。いきなり人生の大事な選択を迫られたら、多かれ少なかれ不安を感じるものよ。でもその不安は、自分一人で悩まずに誰かに話した方がいいわ。私も聞くけど、できればパートナーになる人に話した方が」

「彼は……聞いてくれるでしょうか」

「あなたの体調を気遣って、傍に付き添ってくれたくらいですもの。これから同じ家で過ごすのだし、結婚までの間にお互いの距離を縮めればいいわ」

悩んでばかりいないで行動に移す。

人の気持ちを他人がすべて推し量ることなどできない。

「レオポルドさんと幸せになってね」

ジーナさんは私を軽く抱きしめた。

「ありがとうございます。お母さん」

そう言うと、ジーナさんは一瞬身を震わせた。

「ごめんなさい……」

「謝らないで。私はあなたの本当のお母様にはなれないけど、母親のような存在でありたいと思っているの。あなたたちのお父様と結婚したからといって、すぐになれるとは思っていないし、お父様の妻として受け入れてくれただけでも嬉しかった」

私の肩に手を置いて、ジーナさんは微笑んだ。

「照れ臭くて言えなかっただけで、ちゃんと認めていますから……でも、今のは本当に……ぽろっと……。は、恥ずかしいので……できればこれからもジーナさんでお願いします」

「わかったわ。じゃあこれは二人だけの秘密ね」

「そういうことでよろしくお願いします」

レオポルドとのことを相談するより、こっちの方がなぜか恥ずかしい。

「今度、私から婚約のプレゼントを贈ってもいいかしら？」

「プレゼント？　何ですか？」

「それは楽しみにしていて。私も結婚が決まった時に女友達がくれたものよ。絶対、あなたの役に立つものだから。用意ができたら贈るわ」

「……ありがとうございます。楽しみにしています」

なんだろう。ジーナさんの顔を見ても優しく微笑まれただけだった。


スタエレンス家に行く日の朝、支度を早くに済ませて待っていると、伯爵家からの迎えの馬車が来た。

「スタエレンス伯爵家で、メイド長を務めております、クラレスと申します。奥様のお申しつけで、お迎えに上がりました」

先日の顔合わせの際にも顔は見たが、きちんと挨拶をするのは初めてだ。

背筋をぴんと伸ばし、白髪の交じった茶色の髪をぴっしりと頭の後ろで団子に纏め、厳格な様子が伝わってくる。

「ご苦労様です。娘をよろしくお願いします」

「かしこまりました」

父がお礼を言うと、クラレスさんはにこりともせず、直角に腰を曲げてお辞儀をした。

「それではお父様、ジーナさん、行ってまいります」

「気をつけてな。伯爵夫妻によろしく」

昨夜挨拶をしようとした時も、父は涙ぐんでいた。私の泣き虫は絶対父譲りだ。

馬車に乗り込み、見えなくなるまで窓から手を振った。馬車が角を曲がり、ペトリ家の屋敷がほかの屋敷の陰になって見えなくなると、浮かんだ涙を拭《ぬぐ》ってクラレスさんに向き直った。

「ごめんなさい。家族と離ればなれになるのは初めてなので……少し感傷に浸ってしまいました」

これから結婚相手の屋敷へ行くのに、何を寂しがっているのかと思われそうで謝った。

「同じ王都にいらっしゃるのですから、いつでもお会いになれます」

「クラレスさんは、スタエレンス家に長くいらっしゃるのですか？」

「かれこれ三十年近くになります。現在はメイド長をしておりますが、もともとはレオポルド様の世話係を務めておりました」

レオポルドの世話係……私より彼をよく知っているのだろう。年齢はジーナさんより少し上のようだ。

「奥様からは、お嬢様の教育係も命じられております」

「そうなんですね……あの、これからよろしくお願いします」

頭を下げると、クラレスさんは眉を寄せてため息を吐いた。

「そう容易《たやす》く使用人に頭を下げてはいけません。いずれは女主人になられるのですから、もっと毅然とした態度を取られませんと、ほかの者に示しがつきません」

「……すみません。至りませんでした」

厳しい。子爵家と伯爵家の格式の違いなのかも。郷に入っては郷に従えだ。

「レオポルド様の伴侶となられるなら、もう少し言動には気をつけてくださいませ。あなた様の失態が、レオポルド様の品位を貶めることになるのです」

「気をつけます」

世話係だっただけあって、クラレスさんはレオポルドをすごく大事にしているのがわかる。厳しい人のようだが、伯爵夫人から教育係に任命されたから、その信頼に応えようと意気込んでいるのかもしれない。

緊張感が馬車の中に漂う。

クラレスさんは私の全身を眺め回し、私という人間を品定めしているようだ。

「スタエレンス家は、代々女性が多くお生まれになる家系で、レオポルド様は五代ぶりにお生まれになったお世継ぎです。小さい頃から聡明で、武の才にも恵まれ、寄宿学園でも群を抜いた成績で卒業されました」

馬車の中で彼女はどれほどレオポルドが、若様が素晴らしいかを私に語って聞かせた。

それはもう、実の親でもこんなに褒めちぎりはしないだろう。

「とても優秀でしたので、学園を卒業する前からあらゆる方面の部署から仕事のお誘いがありました」

クラレスさんが語るレオポルドは、まるで天から二物も三物も与えられた人物みたい。

実際優秀なんだろう。

「今の部署に入られてからも、周りの期待に見事に応えられ、あっという間に今の地位に上り詰められて……本当にお世話係として鼻が高いですわ」

「レオポルドは、クラレスさんにとって自慢の若様なのですね」

私は最初から最後まで聞き役で、頷くばかりだった。

彼女のレオポルドに対する熱は、話をしながらさらに高くなっていく。

「お仕えできて光栄です。私の望みはレオポルド様のお子をお世話することです。さぞかしお可愛くて利発なお子がお生まれになるでしょう」

まだできてもいない子どもの話にまで発展して、流石《さすが》にどう返したらいいかわからず、苦笑いするしかなかった。

ようやく伯爵家の玄関前に馬車が止まり、扉が開かれた時にはまるで閉じ込められていた牢獄から解放された気分になった。

クラレスさんのスタエレンス家、いや、レオポルドに対する圧がすごい。

「クラレスさんが、スタエレンス家に仕えることをとても誇りに思われていることはわかりました。そこまで忠義を持たれていらっしゃることに尊敬いたします」

溢れんばかりの尊敬と愛情が彼女から伝わってきたが、少々常軌を逸していた。

彼女は仕える伯爵家のため、レオポルドのためを思って懸命なのだろう。そう思い、彼女の姿勢を褒めた。

「ご理解いただけて何よりです。これからはあなた様も、若様のために共に頑張りましょう……奥様、お嬢様をお連れしました」

先に馬車から降り立ち、出迎えてくれた夫人に到着の挨拶をする。

「クラレス、ご苦労様。ようこそ、コリーナさん」

「夫人、今日からよろしくお願いいたします」

カーテシーで挨拶をする。

「主人もレオポルドも仕事で出かけているので、出迎えは私だけでごめんなさい。家族になるのだから、私のことは今からお母様と呼んでちょうだい」

「わかりました、お母様」

「さあ、あなたの部屋に案内するわ。クラレス、ご苦労様、あなたはいつもの仕事に戻って。教育係は明日からでいいわ」

「それでは失礼いたします」

「さあ、行きましょう」

夫人に先導されて中へ入る。入ってすぐの階段を上り、途中の踊り場から左に上がった。

「クラレスをどう思いました？」

歩きながら夫人が訊ねてきた。

「どう……とは？」

「レオポルドへの思い入れが強すぎるでしょ」

私の考えを見透かすように、こちらを見つめる。

「……それだけ、彼が素晴らしいのかと……」

「ありがとう。あの子の妹が生まれつき体が弱かったこともあって、ついあの子のことを彼女に任せきりにしたのが悪かったのかしら……何代ぶりかの嫡男だから、彼女もとても気を遣っていたのはわかるけど。学園に入ったのを機に世話係の役目は終わりましたが、レオポルドに対する溺愛は私たち以上なのよ。優秀だからレオポルド第一主義さえ目を瞑《つぶ》れば、特に問題はないしそのままにしているの。結婚も勧めたのだけれど、なかなかうまくいかなくて……」

溺愛がすぎて結婚すらしなかったことに驚いたが、夫人の前では顔に出さなかった。

スタエレンス家は玄関の吹き抜けを挟んで東棟と西棟に分かれ、右の西棟は客間、東棟が居住空間になっていた。

「レオポルドがあなたと結婚すると報告して、ぜひあなたの教育係をと買って出て……もし、いきすぎがあれば言ってくださいい」

「わかりました」

一番奥にはさらに階段があり、三階が伯爵家当主とその夫人の私室になっている。二階の居室は、伯爵家の子どもたちが使っている。

レオポルドの姉妹は皆嫁ぎ、この部分を使っているのはレオポルドだけだった。

「西棟をとも思ったのだけれど、レオポルドがこちらを希望したの。あなたはここを使ってね」

私に用意されたのは三階に上がる階段のすぐ手前、二階の奥の部屋だった。

広々とした部屋の左奥に寝台、右奥に書き物机、中央寄りに長椅子とテーブルが置かれ、右側にはクローゼットがある。

「急だったからあなたの好みがわからなくて……」

「いえ、十分です。とても素敵です」

「そう言ってもらえて嬉しいわ。荷解きはほかの者に任せて、下でお茶でもいただきましょう」

「はい」

一階に戻り、初めて訪れた時と同じ部屋に通された。

「レオポルドは、何を考えているのかよくわからない時があるでしょう？」

お茶をひと口飲んでから、夫人が言った。

「男の子のことはよくわからないわ。一緒にお買い物をするわけでもなく、美味しいものを食べても、どう思っているのか……仕事を始めてからは特によ。二年半も外国で何をしていたのか時折便りはきたけれど、こちらの様子は尋ねても自分のことは元気ですと記すだけで……どこの国にいたかもわからないの。手紙はいつも夫が職場の上司から預かってきたから。何か怪しいことでもやっていたのかと思うわ」

親にもそうなのだから、たまたま親戚になった私に何も詳しく言わなかったのは当然だろう。

「大して苦労もせず何でもできたからか、物にも人にも執着しなくて……あなたの前で言うのも何ですが、女性に対しても淡白というか……だから、あの子から結婚したい女性がいると言われた時は、夫と二人で天変地異の前触れかと驚きました」

私との結婚が天変地異と同列に思われたことに苦笑いする。

「息子はあなたに特別なものを感じたのだとは思いますけど」

悪い意味ではないが夫人の目がどこにそれがあるのかと、探しているのがわかった。

「それは……私も知りたいです」

「あなたのこと、もっと聞かせて。そうね、あさって、ジーナさんも誘って午後から一緒にお出かけしましょう。実は今国立劇場でやっているお芝居のチケットがあるの」

「お芝居？」

「ソフィー・クローデルが主演の舞台が千秋楽なの。この前お会いした時、ジーナさんが興味があると言うので、手配したの」

ソフィー・クローデル。ルディの結婚式に、聞いた名前だった。

結局、あの話は彼女たちが私を不安がらせようと言った嘘だったのだろうか。

夫人が、レオポルドの女性付き合いは淡白だと言った。

彼の私に対する態度は、淡白とはとても言いがたい。

「お芝居はあまり好きではないのかしら？」

私の反応を見て、夫人が心配そうに言う。

「あ、いえ……そんなことはないです。これまで行ったことはありませんが……」

「そう。それなら尚更行きましょう。きっと気に入ると思うわ」

お芝居を観る余裕はこれまでなかった。トレイシーが結婚し、ようやくひと息つけた時には、一緒に行く相手がいなくなっていた。

一人で行くこともできず、興味はあっても行くのは本屋などしかなかった。

「楽しみにしています」

レオポルドに出会って、私の世界はいろいろ変わりつつある。新しい家族、新しい生活。

血の繋がった家族の中でしか生活してこなかった私に、婚約者という新しい人が現れた。

私自身はそんなに変わっていないのに、どんどん周りが変化していく。

レオポルドはその変化をどう感じているのだろう、私だけが戸惑っているのでは……

夕方には伯爵が帰宅し、レオポルドの帰りを待っていたが、彼はその日急な仕事で帰ってこなかった。

「よくあることなのですか？」

尋ねていいのかわからなかったが、よくあることなら私も彼の予定は常に予定どおりにはいかないことを知っておくべきだろう。

「最初の頃は私たちも待っていたのだが、レオポルドも待つ必要はないと言うので、特別な時以外は食事も別に取るようになった。帰ってきたのかどうか、わからない時も多々あった」

「親である私たちはあの子の選んだ仕事だから、と納得しているのですが、あなたは、嫌でしょうね。婚約者の家に来て、当の婚約者はおらずその親とだけなんて」

「私のことは気になさらないでください。大事なお仕事なら……彼にもそう言われていますから」

「流石《さすが》だな。若い子ならそうはいかない。仕事と私、どちらが大事と拗ねられて困るという声をよく聞くが、時にどちらかを選ぶ必要がある。それを自分が蔑《ないがし》ろにされたと文句を言うのは、職務に忠実にあろうとする者にとっては、辛いことだ」

「もちろん仕事仕事と、そればかりを口実にして相手に都合ばかり押しつけては困りものですから、時には怒っていいとは思いますよ」

「あいつは言わないとわからないと思うよ。話を聞かないようなら、私たちに言うといい」

「ありがとうございます」

二人が私に気を遣ってくれているのがわかり、気が楽になった。


「お嬢様」

伯爵から書斎にある本を好きに読んでいいと言われ、食事が終わり自室へ引き上げる前に本を選んでいると、クラレスさんが声をかけてきた。

「何か？」

手にしていた本を棚に戻し、彼女の方を向いた。

「レオポルド様をお責めにならないでください。立派なお仕事をなさっていらっしゃるのです」

彼女は今日帰ってこないレオポルドの弁明をしに来たようだ。

「それはレオポルドから聞きます。彼が私に理解してほしいなら、彼から話すと思います。彼も責任のある仕事をする立派な大人ですから。クラレスさんが気になさることではありません」

私が今日からここに来ることは、彼も知っている。なのに彼は帰ってこない。

不測の事態が起こったのなら仕方がない。

でも、その弁明は彼の口から聞きたい。都合があって、詳細が言えなくても構わない。

私が言い返すと思っていなかったのか、クラレスさんは怒りを呑み込むかのように口元を強張らせる。

彼女は人生のほとんどを、レオポルドや伯爵家に仕えて生きてきた。

彼女にとって、レオポルドは自慢の若様。

なのに、いきなりやってきた若様の婚約者からそう言われては、面白くないだろう。

「偉そうなことを言ってごめんなさい。もう休みます」

気まずくなりクラレスさんを置き去りにして、与えられた部屋に戻った。

その日、レオポルドは帰ってこなかった。

そしてその二日後、よもやあんな場所で見かけるとは思わなかった。

劇場は千秋楽ということもあり、大勢の人たちが詰めかけていた。

伯爵夫人が用意してくれたのは、ボックス席だった。一階の一般席にしか来たことがなかったジーナさんは、それだけで興奮していた。

ボックス席にもランクがあり、一般席のすぐ上のボックス席がB、A、S、特上となっている。

私たちの席はAだった。

ソフィー・クローデル扮する主人公の子爵令嬢のマリアが偶然夜会で出会った、ジョルジュ・マルソー扮するアンドレ。マリアは彼に恋をする。アンドレも可憐なマリアに心惹かれるが、彼は実は敵国のスパイだった。マリアへの思いと任務との狭間で苦しむアンドレ。途中でマリアも彼の正体に気づく。秘密の恋に加え、スパイとしてアンドレを疑うマリアの幼馴染みで恋敵である青年が、彼を罠に嵌めようとする。それを知ったマリアが彼を救おうと、彼に会うため一人馬に乗って夜の道を走る。

そこで一幕が終わった。

「はあ……この後どうなるのでしょう」

ジーナさんはすっかり芝居の世界に魅了され、うっとりしている。

私も初めての舞台にドキドキだ。

「お誘いしてよかったわ。さあ、休憩の間に飲み物でもいただきに行きましょう」

夫人が一番場馴れして落ち着いている。私たちは連れだって休憩室の方へ向かった。

ボックス席客専用の休憩室で、お金持ちや貴族がお酒を片手に幕間の時間を楽しんでいた。

幕間もひとつの社交場で、一時間近く設けられている。

「あの、化粧室へ行ってきてもよろしいでしょうか」

「場所はわかるかしら?」

「はい。わかると思います。わからなければ劇場の方を探して尋ねます。もし時間がかかるようなら、先に席に戻っていていただけますか」

「そうさせていただくわ。気にせずゆっくりいってらっしゃい」

休憩室を出て、扉近くの従業員に化粧室の場所を訊ねた。

どうやら化粧室は地階にあって、階段を下りていかなくてはならないらしい。

同じように化粧室へ向かう人と戻ってくる人とがごった返す通路を、人にぶつからないように歩くのは至難の技だった。

足早に向かう途中、壁際に立つ人が知っている人に似ていたのでびっくりして振り返った。

「え！」

「気をつけて」

「すみません」

急に立ち止まったので、後ろから来た人にぶつかり、注意された。

慌てて脇に移動して引き返したが、もうその人物はいなかった。

「……レオポルド？」

一瞬見えただけだった。

それに髪の色も違い、薄茶色だった。

「きっと見間違いね」

彼は仕事で忙しい。こんなところにいるはずがない。髪色も違う。

すぐに気を取り直して化粧室へ向かい、二幕目開演ぎりぎりに席に戻った。

二幕目は、アンドレが罠に嵌められそうになったところを、マリアが機転を利かせて逃がしたところから始まった。

会場のあちこちから、すすり泣きが聞こえてくる。

私もジーナさんも夫人も、涙を流して感動にうち震えていた。

喝采の声が上がり、拍手が鳴り響いた。

「はあ……素敵でした」

舞台上演は三時間にも及んだが、少しも長く感じなかった。

「そんなに気に入ってくれた？」

「はい、とっても素敵な舞台でした」

「コリーナさんは初めてですもの。気に入ってもらえて嬉しいわ。また来ましょうね」

「はい。ぜひ」

「でも、次はレオポルドさんに連れてきてもらうといいわ。恋人と来るのも楽しいものよ」

ジーナさんは、レオポルドが丸二日帰ってこられないほど忙しいとは知らない。

「一度訊いてみます」

「あら、私扇を忘れてきてしまったわ」

夫人が座席に忘れ物をしたことに気づいた。

「私が取ってきます」

ここは一番若い私が行くべきだろう。

「別にいいのよ。古いものだし」

「すぐに行ってまいります。馬車で待っていてください」

「ありがとう」

「気をつけてね、コリーナさん」

今通ってきた通路を通り、先ほどのボックス席に戻った。

劇場の中はもう誰もいなくて、灯りも消えている。

「確か、夫人はこの辺りに座っていたから……」

目が少し慣れて、物の輪郭が浮かび上がってきた。手探りで椅子まで辿り着き、膝をついて床の辺りを探った。

カタリと何かが手に当たり、掴むとそれは夫人が落とした扇だった。

「よかった。見つかって」

思ったより時間がかかった。ほっとして立ち上がりかけた時、外から声が聞こえた。

「レオポルド様」

――え？

艶のあるその女性の声には聞き覚えがあった。

「例の方々ですけど」

ソフィー・クローデル。さっき嫌と言うほど聞いた今日の舞台の主役。

「わかった。手数をかけた」

そしてもう一人の声は……

「今日の芝居、レオポルド様もご覧いただけましたか?」

「任務で来ているのだ。そんな暇はない」

息をするのも忘れてその場にうずくまり、耳を澄ませた。

「相変わらずつれない方。この前もせっかくおいでになったのに、用が済んだらさっさとお帰りになるのですもの。ようやく再会できましたのに、私との時間は取ってくださらないの?」

「この前も付き合っただろう」

「お酒の一杯だけではありませんか」

「それで十分だ」

「つれないですわね。もう少しお付き合いいただきたいわ」

「スタエレンス卿、そろそろお時間です」

遠くからもう一人声が聞こえた。

「ご苦労。それではこれで失礼する」

「またご贔屓《ひいき》くださいませ」

足音が遠ざかり、辺りは静かになった。

今のはソフィーとレオポルドの声だった。

さっき、廊下で見かけたのはやっぱり彼だったのだろうか。『この前』とは、ルディの結婚式で耳にしたあの時のことだろうか。

ふらつきながら立ち上がり廊下に出た。当然だがそこには誰もいない。

もしあれがレオポルドだったなら、髪色が違ったのはなぜなのだろう。

「コリーナさん、遅いから心配していましたのよ」

馬車に戻ると伯爵夫人とジーナさんが心配していた。

「申し訳ございません。探すのに手間取ってしまいました」

「あなたたちとの観劇が楽しくて、つい忘れてしまいましたわ。探してくれてありがとう」

「そんな、大したことではありません」

夫人とジーナさんが楽しくおしゃべりしているのを耳にしながら、さっきのことを思い出していた。仕事が忙しくて二日も帰ってこられない彼が、あんなところで何をしていたのか。

彼らの会話が耳に残って離れなかった。

劇場でレオポルドを見たと、私は夫人たちに言うことができなかった。

直接会話したわけでもなく、何をしていたのかと尋ねられたら何も言えない。任務と言っていたようだから、多分仕事絡みだとは思う。

伯爵家の馬車でジーナさんを送り届けて、夫人と伯爵家に戻った。

「今夜はありがとうございました」

馬車を降りて、玄関ポーチで夫人に改めてお礼を言った。

「お礼を言うのはこっちよ。私も久しぶりに楽しかったわ。若い人と一緒だと気持ちが若返るわ」

「そんな、私なんて若い方では……」

「十分若いわよ。それにレオポルド相手だと、若すぎてはうまくいかないと思うの」

喜んでいいのか曖昧に笑った。

「お帰りなさいませ、奥様、お嬢様」

「ただいま、旦那様やレオポルドは?」

筆頭執事のカルロさんとクラレスさんが出迎えた。

「旦那様は先ほどお帰りになり、ただいまお食事中です。若様はまだご連絡はございません」

「そう……今夜も戻らないのかしら」

劇場にレオポルドがいたとは知らない夫人は、彼が外務局にいると思っているだろう。

「では、私も夫の様子を見に行きますわ」

「私も伯爵様にご挨拶を……」

「あら、あなたはいいわよ。気を遣わなくて大丈夫。今夜はもう休みなさい」

「でも……」

「これから一緒にいるのだから、変に気を遣うのはよしましょう。夫のことは私が、レオポルドのことはあなたに任せるわ」

「今夜は……帰ってこられるでしょうか」

伯爵家に来てから、まだ一度もレオポルドを出迎えていない。こんな風にすれ違いが続くなら、子爵家にいても同じではないか。

早く伯爵家に馴染もうとしても、肝心のレオポルドが不在では互いをよく知る機会もない。

「帰ってきたら、嫌味のひとつでもお言いなさい。こんな調子では、結婚前に愛想をつかされても文句は言えないわね」

「いえ、そこまでは……」

「寛大ね。レオポルドにはもったいないわ」

「お言葉ですが奥様。若様も遊び呆けていらっしゃるのではありません。立派なお勤めをされているのです」

クラレスさんがレオポルドを弁護するように言った。

「わかっていますよ。あの子が優秀だっていうことは。私たちは慣れていますが、自分の選んだ結婚相手にはもう少し心遣いあってもいいのではなくて？」

夫人も負けじと言い返し、二人が睨みあう。

伯爵夫人も私に対する気遣いからレオポルドを非難したとわかる。クラレスさんは言葉のまま受け止めてしまったのだろう。

「若様がお帰りになりました」

そこへレオポルドの帰宅を告げる別の使用人の声が聞こえ、その場の空気が緩んだ。

「揃って玄関で出迎えてくれたのですか？」

「お帰りなさいませ、若様」

一番に駆け寄ったのは、クラレスさんだった。

「ただいま」

眼鏡越しに菫色の瞳が私に向けられた。

「……こんばんは」

『お帰りなさい』とは言えなかった。ここは彼の帰ってくる場所だが、まだ私の家ではない。

「どこかに行っていらしたのですか？」

知ってか知らずか、私と母親の様子を見て尋ねた。

「国立劇場へ。今日は舞台の千秋楽だったでしょ、ジーナさん……ペトリ子爵夫人とコリーナさんの三人で行ってきたの」

「……そうですか、楽しかったですか？」

説明する母親を見てから、再び私の方に目を向ける。

「はい」

レオポルドを出迎えて、どんな顔をしていいかわからない。改めて考えるとなんだか照れ臭い。

「次は一緒に行こうか」

レオポルドがそう言ったが、それは親の前の建て前ではと勘繰ってしまう。

「私……」

「若様、お疲れでございましょう、お食事になさいますか、それとも湯浴みの準備を？」

『ぜひ連れていってください』、ただそう言えばいいのにすっと言葉が出てこなくて、話に割って入ったクラレスさんに救われた。

「父上は？」

「お父様は食堂ですわ。今から行くところです。あなたも一緒に行きますか？」

「はい」

夫人が誘うとレオポルドが頷き、そちらへ足を向けた。

「では、私は部屋に……」

「あ、コリーナ」

彼に背中を向ける。私の名を呼ぶ彼の声が聞こえなかった振りをして、二階へと一気に駆け上がり、部屋に逃げ込んだ。

「最低」

自分が嫌になる。愛想笑いができていただろうか。自分がどんな顔で彼の前に立っていたのかわからない。

ソフィーとはただの知り合いかもしれないのに、変に勘繰っておかしな妄想をしてしまった。

私と彼はまだ婚約したばかり。心を掻き乱されることはない。

独占欲？　私はこんなにも心が狭かったのか。

彼には彼の付き合いがあって、それは私の世界よりずっと広い。彼が会う女性一人一人に目くじらを立てる必要はない。よくわからないが、仕事なのだろう。頭ではわかっているのに、彼女と比べて童顔で小柄な自分にコンプレックスを感じる。

「嫌だなぁ～」

私と彼を繋ぐのは、今のところ婚約という取り決めだけ。

それは脆く危うい。

「コリーナ」

「ひゃっ、ひゃい！」

部屋の入り口でうずくまっていると、扉の向こうから声をかけられ変な返事をしてしまった。

「そこにいるなら、開けてくれないか」

レオポルドが扉の前で懇願する。

「鍵はかかってないから、好きに入ってくれれば？」

「押し入ることはしたくない。君の許可が欲しい」

そう言われ、開けたくない理由をはっきり言えず、扉を開けた。

すぐ目の前にレオポルドが立っていて驚いた。顔を上げず、彼の胸元辺りに視線を泳がせる。

「入っても？」

「も、もう遅いし」

どう答えたらいいのか迷う。

「二日も帰ってこなくて申し訳なかった」

「お仕事なら……」

「どこか具合でも悪い？　顔色がよくない」

開けた扉の隙間から顔を覗き込まれた。

「灯りのせいじゃないかしら……」

まともに視線を合わせられない。

国立劇場で何をしていたの？　ソフィー・クローデルとはどんな関係？

顔を見られたら、そう書いてあるかもしれない。

「今度は二人で行こう」

「え？」

「母上に先を越されたが、私も君と二人で出かけたい。明日は休みをもぎ取ってきた。どこかに出かけないか？」

「嘘……」

「嘘？」

驚いて思わず呟いてしまった。

「私はそんなに信用ないのか」

眉を少し上げて唇を引き締める。

「ごめんなさい。そういう意味では……お仕事はもういいのですか？」

「もともと予定になかった仕事を押しつけられたんだ。それも終わったから当然休ませてもらう」

「本当に……大丈夫なのですか？」

まだ信じられなくて、再度確認する。

これまで家族以外の男性と出かけたことなどない。それだけで今から緊張してしまう。

「大丈夫だ。どこか行きたいところはあるか？」

「えっと……しょ、植物園に……行きたいです。それと綺麗な景色を見て、それから……美味しいものも食べたいです」

五年ほど前に開園した王立の植物園。もちろん小さい子どもを連れた家族も行くが、恋人同士のデートスポットで有名だ。

トレイシーもルディも、父でさえも行ったらしいが、家族では私だけが行ったことがない。植物園の近くに高台があって、そこから見下ろす夕焼けに染まる街並みが美しく、恋人たちには人気の場所だ。それから食事に行く。裕福な平民から、貴族の子女が読む雑誌で掲載されている定番のコースなのだ。

「植物園……景色に食事ね。それだけでいいのか？　もっと良い場所もあるし、買い物も……」

植物園の入場料は低額だし、高台は無料だ。レオポルドが言いたいこともわかる。

「そこがいいのです！」

思わず力んで声を張り上げてしまった。

「わかった。なら、そうしよう。食事は何か食べたいものはあるか？」

「いえ、好き嫌いはありません」

「なら、場所は私が決めていいか？」

「はい」

「ようやくまともに顔を合わせてくれた」

顔を上げて返事をすると、レオポルドがほっとしたように言った。

「二日ぶりに会えたのに、沈んだ顔しか見られなくて心配した」

扉の向こうから伸ばしたレオポルドの両手が唇の端に触れ、口角をつまんでふにっと上げた。

「ひゃに、ひゃにしゅるんれしゅ？」

むっとして文句を言うと、レオポルドがくすりと笑った。

「落ち込んだり泣いたりしている君より、そうやって睨んで文句を言っている方がいい。笑っているのが一番だが」

口元を綻ばせ軽く微笑むと、戸惑っている私からすっと手を離した。

「明日は何時から出かける？」

「何時でも……」

「では、朝はゆっくりと朝食を取って、お昼前から出かけよう。植物園に行って、お茶をして、それから景色の良い場所に行き、ディナーをいただこう」

「はい」

レオポルドはこういうことに慣れているのか、次々と予定を立てていく。私はこくこくと頷くだけだった。

「お休み。明日を楽しみにしている」

流し目をこちらに向けながら、レオポルドは立ち去った。

私はそんな彼の後ろ姿を、真っ赤になりながら見つめた。

私ってなんて現金なんだろう。落ち込んでいた気持ちが、一気に上向きになった。

「えっと……デ……デート……誘われた？」

はっと我に返り、自分がデートに誘われた事実に気がついた。

第四章

「それでは行ってまいります」

「いってらっしゃい。楽しんできてね。レオポルドはちゃんとエスコートするんですよ」

「わかっています」

伯爵夫人に見送られ、私とレオポルドは伯爵家を後にした。

「私は信用がないな……」

紺のシャツと白に近いライトグレーのスーツに身を包んだレオポルドが、長い脚を組み馬車の窓枠に肘をかけて苦笑する。

「まあ、仕方ないか。二日も君を他人の家に放置していたんだから。たった一回君を誘い出したところで、機嫌を直してくれるとは思っていない」

「私は……別に怒っているわけでは」

「君はもっと怒っていい。二日も留守にして何をしていたのかと」

レオポルドは責められたいのだろうか。

「怒れと言われても、簡単には怒れません」

「そうか……無理か」

残念そうに呟かれてもこっちが困る。

「それに、伯爵夫妻がとても気遣ってくださいました」

「私が君をもてなしたかった」

「お仕事ですもの。私のために無理をして仕事を切り上げられたら、かえって気を遣います」

「そうだな。君はそういう人だ。でも、君の人の良さに胡座《あぐら》をかいて蔑《ないがし》ろにするつもりはない」

彼は本当に悔いているようだ。

「蔑《ないがし》ろにされたとは思っていません。でも今日誘ってくれて嬉しかった」

「喜んでくれて嬉しいよ。夕べは、あれからよく眠れたのか？」

尋ねられてどきりとする。

「え、ええ……もちろん」

そう言ったが、本当は興奮してなかなか眠れなかった。顔に寝不足が出ているのだろうか。人生初のデートに興奮してしまい、まるで誕生日を翌日に控えた子どもみたいに、枕を抱きしめて何度も寝返りをうった。

「そうか。私はなかなか寝付けなかったけど」

「え⁉」

それってどういう意味だろう。

「同じ屋根の下に君がいることや、君と二人で街へ出かけること。いろいろ考えると眠れなかった」

「そんな……」

それでは私と同じだ。そんな風に言われると、どう対応していいかわからなくなる。笑顔でありがとうと言えばいいだけなのに、慣れない私は言葉を失う。

「困らせてしまったかな」

黙り込んでしまったのを、レオポルドが心配する。

「私……いい歳をしてお恥ずかしいですが、男性とこうしてお付き合いした経験がありません。だからあなたが私に対しておっしゃる言葉が、社交辞令か本音か判断ができませんし、うまく返せません」

膝の上でぎゅっと自分の両手を握りしめ、自分の思いを伝える。

「期待されている対応がどういうものなのか、何が正解なのか……あなたがどのように思っているかわかりません。ごめんなさい」

「どうして謝る？」

彼がふっと表情を和らげて訊ねた。

「え……えっと……どうして……私は……」

「手練手管に長けた女性がいいと、私がひと言でも言ったか？　君の反応が期待したものと違うからがっかりしたと言ったか？」

「……いえ」

「君が言ったような女性は、仕事の関係で嫌と言うほど会っている。彼女たちを認めていないとは言わない。仕事相手としてはやりやすくても、彼女たちに何かを期待しているわけではない」

なぜかソフィーの顔が浮かんだ。彼女以外にもいろいろな女性と多く関わるのだろうか。

「コリーナはコリーナだ。無理に背伸びする必要はないし、第一、君らしさのない返しをされても興醒めだ」

「私らしさ?」

「何でもムキになるところ。初心《うぶ》なところ」

「それって子どもみたいだと言いたいの?」

初デートに浮かれて、自分でもそうじゃないかと思った。

「十分大人だとわかっている」

私の顔から足元まで、彼の視線が向けられる。

彼がどういうつもりで見たのかわかり、顔が赤くなった。

伯爵家の馬車はとても広いが、体の大きなレオポルドと二人きりの空間がとても狭苦しく感じた。

「緊張している？」

口数が少なくなった私に、レオポルドが訊いた。

「ちょっと……何を話したらいいかわからなくて」

「コリーナ。私たちは結婚するんだ。早く慣れてほしいな」

慣れる日がくるとは思えない。

「まずは物質的距離を詰めるところから始めよう」

「え……」

すっとレオポルドが動き、私の手を取ると自分の方へ引っ張った。

「あ！」

そのまま私は彼の胸に倒れ込み、抱きしめられた。

彼に抱かれるのは初めてではないが、いまだに慣れない。

「レオポルド……はなし」

「君が思っている以上に、私は君が好きらしい」

逃れようと体に力を入れた私の耳に、レオポルドの言葉が飛び込んできた。

「君が私を、私の十分の一でも思ってくれるなら、どうかしばらくこのままでいてくれ」

胸に頬を預けているので、彼が話す度に振動が伝わる。

「何で……だって私たちは、昔から知っていたわけではないし……話だってほとんど……」

気に入られる要素なんてどこにもない。

「好きになるのに時間は関係ない。時間をかけて育む気持ちもあるだろうが、どうやら私はそっちではないらしい。直感かな」

確かに気に入っているという言い方はしていたから、少しは好感を持ってくれていると思った。でも、「好き」と「気に入っている」は同じ？　この二つの違いはなんだろう。

「君には君のペースがあるだろうから、多くは期待しない」

驚きで硬直している私の体を抱き上げて、ストンと自分の膝の上に座らせた。

「君の声を聞けるのは嬉しいし、互いを知るために話をするのは有効だ」

私の顔にかかった髪を掬《すく》い、そっと耳にかける。そのまま耳を優しくつままれた。びくりとして目を瞑《つぶ》り、彼の手から逃れるように顔を反らせた。

誰かが言っていた。耳も性感帯だとか何とか。

触られたのは耳なのに、体全体に痺れのようなものが走った。

耳に触れられた夜を思い出す。

体中の血が勢いよく駆け巡り、心臓が破れそうに速く打ち付ける。

「私が怖いか？」

今度は両脇から掌全体で耳を覆い、私の顔を自分の方に向けさせた。

今にも心臓が飛び出しそうになり、胸の上から拳で押さえつけた。

眼鏡の奥から菫色の瞳が私を射抜く。

「怖い？」

「そんなにびくびくして……私が君に何かするとでも思っているのか？」

「何かって？」

顔を背けたいのに、両頬を挟み込まれているからできない。

このドキドキは、私が男性に慣れていないからなのか。

「きゃっ！」

「おっと」

その時、馬車が大きく曲がって揺れたので、私はレオポルドの膝の上でバランスを失って、慌てて何かを掴もうとした。

レオポルドも私を引き戻そうとして、背中に腕を回して抱き寄せた。

さっきは彼の胸に倒れ込んだが、今度は膝の上にいたために彼の首筋に顔を埋めた。

倒れ込む際に、私の唇が彼の頬を掠めたのはわざとではない。

もう少しずれていたら、唇に当たるところだった。

「ご、ごめんなさい」

慌てて離れようとしたが、がっちり彼に抱きしめられて身を起こすこともできない。

「何を謝る。それよりまた揺れると危ないから、着くまでこうしていようか」

「ええ！」

それは私の心臓がもたない。

密着するとレオポルドの体の逞しさがわかり、思い出したばかりのあの夜が嫌でも甦る。

整髪料の匂いなのか、鼻腔をくすぐる彼の匂いにくらくらする。

あの夜も私はこの香りを確かに嗅いだ。もっと濃厚だった。

「レオポルドの香り……何をつけているの？」

「香り？　石鹸の類いは使うが、特に何も身につけていない」

絶対嘘だ。そうでなければ、これは何の香り？

男性が使う化粧品に詳しいわけではない。でもこんな風に香りだけで人をドキドキさせるのが、単なる石鹸のわけがない。

本当にレオポルドは植物園に着くまでこのまま放さないつもりなのか。

救いは彼から顔が見えないこと。きっとリンゴみたいに、真っ赤になっているに違いない。

そうこうしているうちに馬車が止まった。

「着いたようだな」

彼がそう言うと、途端に周りの喧騒が耳に飛び込んできた。

車輪の音や蹄の音、人の話し声。子どもたちが「こっちこっち」と叫んでいる声も聞こえる。

自分の心臓の音やレオポルドばかり気にしていて、とっくに耳に入ってきていたはずのいろいろな音が聞こえていなかったようだ。

「あ……」

その事実に気づいて、顔が真っ赤になった。どれだけ二人きりの世界に浸っていたんだろう。

「お、下りるわね」

駅者《ぎょしゃ》が扉を開ける前に彼の膝の上から下りないと。

レオポルドも今度は手を緩めて、私の動きたいようにさせてくれた。

私が元の場所に座り直したと同時に、扉が開いた。

「お待たせしました」

「ご苦労だった」

先にレオポルドが降りる。

「さあ、行こうか」

レオポルドが外から手を差し出し、私はその手を取り馬車の外に出た。

植物園の周りは、人でごった返していた。

入り口にはチケットを求め、入ろうとする人の列ができていた。入るのにも時間がかかりそうだ。

「こんなに人が……」

これではいつ入れるかわからない。

「こっちだ」

レオポルドが私の手を握ったまま、人混みをかき分けていく。

「あっちは平民用の入り口だ。貴族には貴族用の入り口がある」

人が大勢並ぶ前を通りすぎると、さらに豪華な入り口があり、扉の前には警備員が立っていた。

「王立なのに、入り口が貴族と平民に分かれているの？」

なんだか差別化されているようだ。

「その分入場料金も高い。高い料金を払うなら、これくらいの優遇がなくては貴族も納得いかないからね」

貴族は並ぶ時間をお金で買い、平民は並ぶ代わりに安い料金で利用できる。

「頼む」

レオポルドが入り口の警備員にお金を渡し、扉が開けられた。

「ようこそ王立植物園へ」

入り口を抜けると、同じような色合いの服装をした男女が出迎えてくれた。

そこは広い空間にいくつか応接セットが置かれていて、片面にはガラス張りの壁があり、そこから植物園の一部が見えるようになっている。

「ここは喫茶室になっていて、向こうの扉から植物園へ抜けられるようになっている。ここでお茶を飲むだけの人もいる」

何人かがそこに座り、お茶や会話を楽しんでいる。

「では行こうか」

彼が肘を曲げて私の方に突き出し、私はその肘に腕を絡めた。

扉の向こうに出ると、色とりどりの花が咲き誇っていた。

たくさんの人が満開の花や、これから見頃を迎える花について語り合っている。中には椅子に座り花のスケッチをする人や、図鑑を見ながら花の観察をする子どもたちもいる。

「綺麗」

花の色ごとに花壇を作っている場所は、まるで花の絨毯のようだった。

あっちを見てもこっちを見ても「綺麗」「素敵」としか言わない私に、レオポルドは適切なところで解説を入れてくれる。

花壇に設置された立て札の説明を読むと、彼が言ったとおりのことが書いてあるので驚いた。

花壇の前には花壇を向いて座れるように、ベンチも置かれている。

人が多いが、レオポルドはうまく人の波を避けながら誘導してくれるので、問題なく植物園の中を散策することができた。

「だいたい半分くらいまで来たが、どうする？　どこかに座るか」

見所が多すぎて、足もだが目も疲れてきた頃、レオポルドがどこかに座ろうかと提案してくれた。

「そうね。でも、どこもいっぱいみたい」

皆同じ場所で疲れてくるのか、周りのベンチはどこもいっぱいだった。

「もう少し頑張れるなら、人目のつきにくい場所にベンチがある。そこまで行こうか」

「何度か来たことがあるのですか？」

「個人的にはないが、仕事の関係で数回ほど来た。外国からの賓客が来たがることが多くて、地理もだいたい頭に入っている」

「それで……」

迷いなく歩いていくので、きっと来たことがあるのだろうと思っていた。

人混みから外れて、レオポルドが進むままに歩き出す。

大きな葉が繁った木々の間を抜けていくと、木の影で見えなかった小路が続いていた。

「この辺りは華やかな花ではなく、常緑樹が多い。木々の影で死角になっていてあまり人も来ない」

辿り着いた場所には天使の彫像二体が対で置かれ、その間にベンチがあった。

人々の喧騒が遠くに聞こえ、そこだけぽっかりと忘れ去られているようだ。

スタエレンス伯爵家に初めて訪れた時のように、レオポルドはハンカチをベンチに広げた。

「どうぞ」

「ありがとう」

私が腰を下ろすと、レオポルドもその隣に座った。

少しの沈黙の後、レオポルドが呟いた。

「初めての植物園はどうだ?」

「とても広いのですね。まだ敷地の半分しか回っていないのでしょ?」

「この先は人工の池があって、ボートを浮かべることができる」

「それは聞いたことがあります。池を過ぎて出口へ行く途中に温室もあるのですよね」

「そうだ。よく知っているな」

「人から聞いたのと、新聞の記事で読んだだけです」

実際に見るのと想像では違う。花の香りに包まれていると、それがよくわかる。

「そろそろ別の場所に移動しよう」

広い散策道に戻ると、さっきより人が増えていた。

「人が増えたな。はぐれないように。垣根が壁になって見渡すのが難しい」

「はい」

レオポルドについていけば、上手に人と人の間をぶつからないように歩ける。

「どうしたらそんな風にぶつからず歩けるのですか？」

自然な歩調でうまく人混みを避けて歩くので、秘訣でもあるのだろうか。

「体を向けている方向や歩く速度、歩幅などを観察するんだ。そしてすれ違う頃合いを見計らう」

そんなにキョロキョロしているように見えないのに、実は周りをよく見ているようだ。

「コツがわかったら私でもできますか？」

自分が颯爽と歩く姿を想像して聞いてみる。

「どうだろうか。運動神経と観察力は必要かな……それに少し訓練が必要だ」

「運動神経はあると思いますが……」

観察力となると、レオポルドと違いほとんどの人の頭が私の頭より上なので見通せる自信がない。

「私といる時は私に任せてほしい。エスコートの意味がなくなる」

そっと耳元で囁《ささや》かれて、また私は頬が熱くなった。

人工池の周囲はぐるりと人が取り囲み、桟橋にも人が溢れていた。

男女の二人連れや家族連れが、何艘かボートを漕ぎ出しているのが見えた。

「晴れていればもっと水面が光り輝いて綺麗でしょうね」

伯爵家を出る時はまだ晴れ間があったが、今は空に薄く雲がかかっている。

「またいつでも来られる。今日のところは、ひととおり見て回るだけにしておこう」

「また来てもいいのですか？」

次があると聞いて笑顔で振り返ると、レオポルドが微笑んだ。

「おかしなことを言う。これきりなわけがない。時間の許す限り、行きたい場所に連れていこう」

「そうですよね」

初めてのデートで、これが最後ではない。婚約したのだし、これからも二人の時間はある。

「池の淵を回って行こうか」

「はい」

レオポルドに促されて歩き出した時、何かにスカートを引っ張られた。

「あら、どうしたの？」

見ると小さな女の子が振り返った私の顔を見て、愕然としていた。

「ママ……ちが……」

私の顔を見て、みるみる女の子の目に涙が滲み出て溢れた。

「ママぁ〜」

そしてスカートを掴んだまま、大声で泣き出した。

「え、ええ！」

目の前でいきなり泣き出したので私はびっくりする。

「ど、どうしたの？　もしかして迷子」

「そのようだな。コリーナを母親と間違えたのではないか」

慌てる私とは対照的にレオポルドは冷静に判断する。背格好か着ているものが似ていたのかもしれない。

「ママとはぐれたのね」

レースやリボンがついた衣裳を見ると、平民ではなく貴族の子どもだろう。

わんわんと泣きじゃくる女の子を見ていると、小さい時のトレイシーを思い出した。

赤茶色の髪の両サイドを三つ編みにしたその女の子は、わんわんと泣き続ける。

「どうしたら……泣かないで。ねえ、あなたのお名前は？　どこから来たのかしら。お母さん、捜してあげないと」

女の子の腕を優しく撫でて慰めていると、レオポルドがその女の子をひょいと抱えあげた。

「レオポルド？」

急に抱き上げられて、女の子は泣くのを一瞬止めた。

「これで見えるか」

レオポルドは女の子を肩に乗せて抱えあげた。

「これくらいの高さからなら、親からもよく見えるだろう」

「ふ……ふえ……」

一瞬泣きやんだものの、彼女はその高さに怯えている。

「レオポルド、怖がっているわ」

「大丈夫だ。落としたりしない」

「それは……」

「シシー！」

「ママ」

「ほら見つかった」

振り向くと、私と同じ色合いの髪色をして、同じ青いドレスを着た女性が走ってきた。

「この子のお母さんですか？」

「はい。ありがとうございます。シシーったら、あれほど離れちゃだめって言ったのに」

レオポルドが肩から下ろすと、女の子は母親の方へ駆け寄っていった。

「だって、鳥さんが……」

母親が咎《とが》めると、女の子は人工池の方を指差した。

「鳥？」

母親と一緒に私たちも池の方を見ると、池の真ん中辺りに水鳥の親子がゆうゆうと泳いでいるのが見えた。

「鳥を見たかったの？」

母親が訊ねると、女の子はこくりと頷いた。

「だからって黙っていなくなるのはだめよ。本当にありがとうございました。何しろ王都は初めてで、ここも初めて来たものですから、いろいろ珍しくて。あの、改めてお礼をしたいので、お名前を教えていただけませんか」

王都が初めてということは、地方から来た人なのだろう。

「いえ、私たちは何もしていません。お礼ならもう言っていただきました」

レオポルドが母親の申し出を断った。

「ですが、今日は用事があって別にいる夫にも伝えなければなりませんし」

母親は納得がいかなくて、なおも食い下がった。

「本当に礼ならもう十分です。人が多いですから次からは気をつけて、行こうか」

「あ！」

レオポルドは私の手を取ってその場を離れた。

「あの、ありがとう」

女の子が立ち去る背中に声をかけてきて、振り返りながら手を振った。

「レオポルド、どうして名乗らなかったの？」

迷子のあの子に少し構っただけで、本当に感謝されることはしていない。だけど、名前くらい伝えてもよかったのではないか。

「……ない」

「え？」

「普段の私なら、泣いている小さい子に構うことはしない」

親子からすっかり見えなくなった場所まで来ると、ようやくレオポルドが立ち止まった。

「そもそもあんな小さな女の子は、私に近寄ってこない」

子どもにとって知らない大人は怖いものだ。特に男性が苦手な子は多い。

「あの子は君を母親と間違って頼ってきたのだ。私にではない」

「でも、あの子を肩車してくれました。私ではあんなことできません。いまだに見つけられなくて捜しているかも」

あの子と手を繋いで、あちこちうろうろと叫びながら歩き回っている姿を想像する。

「普段の私ならあんなことはしない。だからあそこまで礼を言われるような、大したことをやったわけではない」

「なら、今回はたまたまだったのですか」

あの子が私の衣服を掴んだのは偶然なのに、レオポルドが親を捜すために取った行動には私も驚いた。

「関わったからには無下にもできないが、何とかしてあげたいと君が言ったから……」

「え、私……？」

確かに母親を捜してあげたいと思ったし、言葉に出していた。

「君のためにしたことだ。あの親子に感謝されることではない」

私がそう思ったからレオポルドは、私のために動いてくれたというの？

「私の……ため？」

私を喜ばせたいから協力してくれた？

言葉が詰まる。こんな時、気の利いた言葉が出てこない。

「それでも、嬉しかったわ。ありがとう。レオポルドがいてくれてよかったわ」

池を回って歩いていくうちに、空はさっきより雲が厚くなり、吹く風にも湿気が混じりだした。

「雨になりそうだ。夕焼けは期待できそうにないかも」

「そのようですね」

今にも泣き出しそうな空模様を見て、出口へと向かう人が増え出した。

私たちも雨が降る前にここを出ようということになった。

「馬車の手配をしてくる。すぐに戻ってくるからここで……」

「レオポルド様？」

名を呼ばれて振り返ると、扇で顔の下半分を隠し、緑色の目だけを見せた女性が立っていた。

初めて見る女性だった。

私は社交界に滅多に顔を出さないから、知り合いは少ない。彼女が誰かまるでわからない。

黒に近いダークブラウンの髪をきっちりと結い上げ、イエローグリーンを基調としたドレスに身を包んだ女性を見たレオポルドの顔が強張った。

「ロクサーヌ……殿」

レオポルドの口から小さく彼女の名が漏れた。

「珍しいわね。こんなところであなたに会うなんて」

「植物園は国民すべてに解放されている」

「そんなことを言っているのでは……そちらの方を紹介してくださらないの？」

彼女はちらりと私の方に視線を向けた。

「彼女はコリーナ・フォン・ペトリ子爵令嬢で、私の婚約者です。コリーナ、こちらはロクサーヌ・デラ・アンセンヌ伯爵夫人だ。」

レオポルドは「婚約者」と「伯爵夫人」の部分に力を込めて紹介した。

パチンと、彼女……アンセンヌ夫人が扇を閉じた。

「そう……」

はっきり顔を見せた夫人は、私と同じ歳か、少し上くらいだろうか。私は童顔で年齢より幼く見られがちだが、彼女は私が憧れる大人の女性の雰囲気を醸し出している。……少し過剰なくらいの色気があった。

「夜会などでお見かけしたことがありませんけれど、外国にでもいらしたの？」

「あの……私は……」

「事情があって、これまで顔を出していなかっただけです。それより、今日はお一人ですか？」

夫人と私の間に立つようにレオポルドが前に進み出る。

「アンセンヌ卿はご一緒ではないのですか？」

「友人と来ています。私は少し疲れたので、こちらで休んでいましたの。あの人がこういう場所に来ると思いますか？　あなたも同じだと思っていたのですけれどね」

彼女はレオポルドと話しながら、私の方に視線を向ける。アンセンヌ卿という彼女の夫も知らないが、植物園に付き合ってくれるような人ではないようだ。レオポルドもそんな人間だと彼女は思っていたらしい。でも、私が行きたいと言えば連れてきてくれて、園内を丁寧に案内してくれた。

「誘ってくれる相手によります」

「そう……そういうことなのね」

「次の場所に移動しようと思っていましたので、失礼してよろしいですか」

私の肩を引き寄せレオポルドは一歩下がった。

彼女と距離を取ろうとしているようだ。

「そうね。こんなところを見られては障りがあるわね」

再び扇を開いて彼女も顔の下半分を隠す。貴婦人の持つ扇は社交の場では必需品だ。けれど持ち慣れていない私は、今日も持ってくるのを忘れている。

「では、失礼します。コリーナ、行こうか」

軽く頭を下げてレオポルドは体を反転させた。

「し、失礼いたします」

「またどこかでお会いしましょう」

夫人は私たちの背中にそう声をかけた。

急いで馬車まで向かい、私たちが馬車に乗り込むと最初の雨が落ちてきた。

「間一髪だったな」

柔らかい雨が降り注ぐ中を走り、窓から外の様子を眺めながらレオポルドが言った。

「夕焼けはまた今度だな」

「雨では仕方ありませんね」

「食事にはまだ早いし、少し買い物に付き合ってもらえるか？」

「はい、喜んで」

そう言ってレオポルドが私を連れてきたのは、宝石店だった。

「ここで買い物をするのですか?」

『アリーシャ』――そこは社交に疎い私でも耳にしたことがある有名宝石店だ。二百年ほど続く老舗《しにせ》で、創業者はその当時の王女のお気に入りのデザイナーだった。それで特別に店名に王女の名前を掲げる許可をもらったと聞いている。

彼がここに来た目的って……

「婚約の記念に君に何か贈りたい」

私が馬車を降りるのを手伝いながら、顔に浮かんだ疑問に対して彼が答えた。

「レオポルド……」

「迷惑だったかな」

「そ、そんなこと……」

急に贈り物をと言われ驚く私を見て、レオポルドは不安げだ。

「ここしか思い浮かばなかったが、ほかのところがよかったか?」

「ごめんなさい……私……こういうのは初めてで……」

男性からの贈り物など私には縁がなかったから、こんな時どう反応したらいいのかわからない。

「あなたが期待するような反応ができなくて、ごめんなさい」

「私の期待する反応？」

ほかの女性なら男性に宝石店で何か買ってあげると言われたら、もっと喜ぶだろう。

「嬉しくないわけではないの。でも、買ってもらっていいのかとか、変に構えてしまって……だめね。さっきも、あなたのお知り合いに対して上手に対応できたとは思えません」

「さっき……？」

「アンセンヌ伯爵夫人です」

その名を聞いても、レオポルドの眼鏡の奥の瞳には何の反応もなかった。

「ああ……気にする必要はない。それに、顔見知りというだけだ」

「でも……」

レオポルドは彼女を家名でなく名前で呼んでいた。とてもただの顔見知りとは思えなかった。と言ったら、どう反応するだろう。

「彼女のことはもういい。さあ、早く中に入ろう。いつまでも入り口に立っていては営業妨害だ」

軽く背中を押されて店に入った。

王室への出入りが許されている格式ある店らしく、店内はとても品がよく豪華だった。

「いらっしゃいませ。ようこそ」

多くの王侯貴族を相手にしているだけあって、出迎えた従業員も洗練されている。

店内のあちこちにガラスケースが置かれていて、ネックレスやイヤリング、腕輪や指輪などがひとつひとつ陳列されている。

「品物が少ないのですね」

もっとずらりと品物が並べられているのかと思っていた。

「ここはショールームになっていて、客は個別に接待を受けてそこで品物を買っている」

「そうなんですね……」

これも私が知らなかったことだ。

「本日はどのようなものをお探しですか?」

「何か婚約の記念の品を探している」

「それはおめでとうございます。ご案内いたします、こちらへ」

従業員の男性に案内されて二階へ上がり、机と長椅子が二つ置かれた部屋に通された。

「どのようなものをご所望でしょうか」

「まずは指輪を。それからそれに合わせるネックレスなど、いろいろと持ってきてくれ」

「かしこまりました。しばらくお待ちください」

男性が出ていくのと入れ違いに、お茶やケーキなどを載せたワゴンを押した女性が入ってきた。

「こちらは店のサービスです。お好きなものをご自由にお取りください」

目の前にお茶の入ったカップが置かれた。ケーキなどはワゴンの上から取るスタイルだ。

「何が欲しい？」

「レオポルドにお任せします」

レオポルドが立ち上がって、いくつかお皿に盛ってくれる。

「お待たせいたしました」

お茶を飲み干す頃に、さっきとは別の男性が箱をいくつか持って入ってきた。

「当店の副主任をしております、フェリペ・ユベールと申します。この度はご婚約の記念品をご希望と伺いました」

「スタエレンスだ。こちらが婚約者のペトリ嬢だ」

「こんにちは」

「この度は当店に足をお運びくださり、ありがとうございます」

挨拶が終わると、ユベールさんが持ってきた箱を並べ、開けていく。

「まずは指輪から。既存のものが気に入らなければ、デザインと石は自由に変えられます。指輪が決まれば、ネックレスのデザインも決まるでしょう」

ケースは宝石の種類ごとに分けられ、台座にはさまざまなデザインの指輪がびっしりと並んでいた。共通しているのは、どれもメインの石が私の親指くらいあること。

「たくさんありすぎて、どれがいいのかわからないわ」

できればもう少し小さいものを、と思ったが、これがいいと用意してくれたのなら、ここから選ばなくてはならないのだろうか。

「これなどいかがでしょう。お若い方には人気です」

ルビーがメインに使われている箱を目の前に持ってくる。

「赤は彼女には似合わない」

レオポルドがそれを退ける。

「サファイアとアメジスト、それからダイヤとアクアマリン。この四種類を見せてもらつ色を身につけられるのは、よくあることでございます」

「ダイヤ以外は、すべてお二人の持つ色合いでございますね。アメジストはスタエレンス様の……サファイアやアクアマリンはペトリ様の瞳を彷彿とさせますから。互いの持
「なぜこの四種類なのですか？　ダイヤはわかりますが……」

レオポルドの指示でエメラルドやガーネットなども片付けられた。

「かしこまりました。流石《さすが》でございますね」

おうか」

ユベールさんの説明に、レオポルドも頷いた。

カップルが髪や瞳の色に合わせて身につけるものを選ぶのは聞いたことがある。

特に気にしたことがなかった私は、恋愛能力が低いのだろうか。

「ご成婚の際にはダイヤなどが一般的ですが、ご婚約でしたら、このあたりでもデザインや石の大きさでよいものができます。先に指のサイズを計測させていただきます」

計ってもらうと、私の指のサイズは七だった。

あれこれと見ているとどれがいいかわからず、なかなか決められない。

「もう少し石は小さくても構わないので、別のデザインも見せてくれ」

「かしこまりました」

「なかなか決められなくて、ごめんなさい」

「いいえ、これが仕事ですから。こちらこそ、お気に召すものをすぐに提供できず、申し訳ございません」

ユベールさんが違うデザインのものを取りに行っている間、小休止となった。

「ごめんなさい。優柔不断で」

「気に入るものが見つかるまで付き合うよ。でも、決められないのは遠慮しているのではないのか？」

レオポルドの菫色の瞳が、心の底を見透かすかのように見詰める。

「実は……私には少し立派すぎて……あなたの気持ちは嬉しいのだけれど」

正直に打ち明けると、レオポルドが私の手を掴んで引き寄せた。

「確かに、君のこの可憐な手ではさっきまでの品では大きすぎるな」

指の一本一本を擦《さす》り、彼の大きな手が私の手を包み込む。

その触れ方はとても優しいのに、どこか官能的だ。

「それでも、君のこの手に私からの贈り物を輝かせたい気持ちも理解してほしい。そして、それを見て、私のことをいつも思い出してくれ」

手を持ち上げてレオポルドがそこに唇を寄せた。

「レオポルド……」

私は慌てた。

「ユベールさんがいつ戻ってくるかわからないのよ」

「大丈夫だ。彼らは慣れているよ」

すうっと手を肩の方へ滑らせ、レオポルドが私を抱き寄せて囁《ささや》いた。

油断すると、すぐにこうやって触れてくる。

「君が絶対嫌だと言うならやめるが」

それは本当だろう。私が本気で拒めば、無理強いはしないに違いない。

問題は、戸惑い、ドキドキしながらも心の底から嫌だと思っていないこと。

「……と、時と場所……考えてください」

『嫌じゃない』とは恥ずかしくて言えず、それだけ伝えた。

「時と場所……場所はわかるが、時とは、私が君に触れたいと思った時でいいのか？」

「ち、ちが……」

「お待たせいたしました」

レオポルドが私をさらに抱き寄せて口づけようとした時、ユベールさんが戻ってきた。

「…………すみません……」

新しい箱を持ったまま、ばつが悪そうにユベールさんが部屋に入ってくる。

恥ずかしくて顔を上げられない私に反して、レオポルドは平然と構えたまま箱の中身を検分している。

「コリーナ、手を出して」

レオポルドが声をかけてきて、まだ火照《ほて》りが収まらない私は俯いたまま、左手を差し出した。

「これなど、どうだ？」

指輪を嵌められた感触があって、手を引き寄せて自分の指を見た。

小指の爪くらいの大きさの薄いブルーの石を中心に、小さなアメジストが散りばめられている。

「これはお目が高い。それほど大きくありませんが、そちらはブルーダイヤで周りの石はアメジストです」

「さっきのよりずっといい。君の華奢な手にも似合う」

華奢と言われて少し照れ臭いが、確かに使われている石もデザインも素敵だ。

「ブルーダイヤ……コリーナの瞳のようだ」

指輪を嵌めた手を私の目の高さまで持ち上げて、私の瞳と見比べる。

「本当におっしゃるとおりです。お嬢様の瞳の輝きと同じでございます。お美しいですね」

ユベールさんもレオポルドに同意し、ダイヤモンドの輝きと私の瞳を美しいと褒めちぎる。

「私の目はブルーグレイで、ダイヤモンドでは……」

そんないいものじゃない。

「人は自分のことを実は一番わかっていないものだ。君の瞳はダイヤモンドより綺麗だよ」

指輪を嵌めた手の甲に恭しくキスをして、レオポルドはユベールさんの前で惚気《のろけ》た。

「ダ……！」

「これをいただこう。それからこれと対になるネックレスも」

瞳をダイヤモンドと称されて絶句している私をよそに、レオポルドはユベールさんとあっという間に話を進めていった。

「指輪はこのままつけていく。ネックレスはスタエレンス家に届けてくれ。代金はその時に」

レオポルドは代金の支払いについて執事に渡す手紙をしたため、ユベールさんに預けた。手続きが終わると、ちょうど夕食の予約をした時間になった。

店を出ると雨はすでに上がっていた。

「通り雨のようだったな」

散り散りになった雲が空に浮かび、茜色の空が隙間から垣間見える。

「予約しているレストランはここから近い。雨も上がったし歩いていこう」

店の前で待機していた馬車に迎えの時間を告げて、一旦屋敷へ帰す。初めてのレオポルドとの街歩きは雨上がりの少しぬかるんだ中で、でも空気が洗い流されたような清涼感があった。

「レオポルド。素敵な贈り物をありがとう。こんなに良くしてもらって、私も何かお返しがしたいのだけれど」

レオポルドと違って私自身が自由に使える財産はなく、金銭的に彼に何かを買うのは難しい。それでも等価交換とまではいかなくても、彼に何かお返しがしたい。

「見返りが欲しくてしたのではない。私が君を着飾らせたかったからだ。さっきのお礼の言葉で十分だ」

「家族以外から誕生日でもない日の贈り物をもらうのは初めてで、とても嬉しかったの。だからレオポルドにも同じ気持ちになってもらいたかった。でも、レオポルドなら私からじゃなくても、贈り物はたくさんもらっているんでしょうね。ごめんなさい。黙って何かをさりげなく渡したらいいんだろうけど、どうしたらいいか」

お礼を言うことしかできない。それに、私には初めてでも、レオポルドは違うんだろう。

「私は君が思うほど、付き合った女性がいるわけではない」

「ほ、ほんと？」

信じられなくて聞き返した。

「だって、トレイシーの結婚式の時だって、すごくたくさんの女性に誘われていたでしょ。ルディの結婚式の時も私が傍にいなかったらきっと……」

ルディの結婚式で声をかけてきた女性たちを思い出す。

「私が結婚相手としていい条件を兼ね備えているように見えたからで、実際、話をすると私は存外つまらないそうだ。気の利いた褒め言葉が言えないから」

「そうなの？」

「ずっと女性と付き合うより、仕事が優先だったたから。今も変わらない。だから君をあんな風にほったらかしにしてしまった」

「でも、今はこうやってデ、デート？　に連れてきてくれているではないですか」

「どうしてそこで疑問形になる？」

「その……私にとってはデートだけれど、レオポルドにとって違ったら……」

「何も違わない。私にもこれは十分デートだ」

口元を緩め、レオポルドが優しく笑った。

「君は変わっているな。大抵の女性は男性から物を贈られても当然と思っているのに、お返しがしたいだなんて」

「そういうことで変わっていると言われるなら、私は変わり者でいいわ」

「でも今回は本当に何も見返りはいらない。私が贈ったものを身につける君が見られるならそれでいい」

そう言われては、それ以上何も言えなかった。

街を歩いていろいろな店の前を通りすぎたのに、街の景色などろくに見ずにレオポルドばかり意識していた。

辿り着いたレストランは『ラ・エオトゥール』だった。

ここも有名なレストランで、いくらお金を積んでも誰かの紹介がなければ予約が取れない。いわゆる一見客《いちげんきゃく》はお断りという格式高い店だ。

さっきの宝石店といい、昨日決まったはずなのに、どれだけ手回しがいいんだろう。

「オーナーに伝手《つて》があるんだ」

私が尋ねるとレオポルドが答えてくれた。

「オーナー？」

誰だっけと考えていると、店の扉が開いて招き入れられた。

「いらっしゃいませ、スタエレンス様」

「やあ、バナー、急にすまない。世話になる」

「初めてお目にかかります。当店の支配人のシモン・バナーと申します。本日はお越しいただきありがとうございます」

支配人が丁寧に挨拶をして出迎えてくれた。レオポルドは常連なのか、互いによく知っているようだ。

支配人の先導で店の中に足を踏み入れた。

「支配人の方ってどんなお客も案内してくれるものなのですか？」

初めて来たレストランなので、勝手がわからない。

「特別なお客様だけですよ」

前を行く支配人にも聞こえていたらしく、振り返って答えた。

「特別な？」

私が特別なお客なわけがない。と、すれば、レオポルドがそうなのだろうか。

まだ夜の営業が始まったばかりだが、レストランの席はすでに半分ほど埋まっている。

支配人の後ろから、レオポルドと並んで店内を歩いていった。

「こちらへどうぞ」

支配人が案内してくれたのはカーテンを半分ほど垂らして区切ったテーブル席だった。

半月型のソファを置いて、向かい合わせでなく、隣に並んで座るようになっている。

「今すぐワインリストをお持ちします」

私たちを案内すると、支配人は一旦立ち去った。

彼と入れ替わりにソムリエがやってきて、レオポルドがワインを選んだ。


気がつけば、店に入って二時間ほどが経っていた。

「そろそろ出ようか」

話をしながらだとあっという間だ。

早い時間に来たので営業時間終了まで間があるためか、まだ店は客で溢れていた。

やけに賑やかな一団がいて目を向けると、そこに女優のソフィー・クローデルがいた。

「あ……」

私が気づくより先に、レオポルドも彼女に気がついたのが視線でわかった。

「国立劇場の……」

「そのようだな」

けれど彼は足を止めず、さっさと入り口へと向かった。

「あの……」

「どうした？　サインでも欲しかったのか？」

ソフィー・クローデルもこちらを見たように思ったが、特に声をかけたそうに見えない。

「いえ……ソフィー・クローデルさん……お綺麗ですね」

「国立劇場の看板女優だから、容姿も実力のうちだろう。あれくらいでなければ務まらないのでは？」

「レオポルドは彼女の舞台を観たことがありますか？」

「まあ……何度か付き合いで。外国から来た方は大抵、舞台を観たがる」

それだけ？

「君がまた観たいならチケットを取るが……昨日母上たちと行ったばかりだろう。もしや、観劇にはまったのか？」

「そういうわけでは……あ、楽しかったのは楽しかったですけど」

「いい演目があったら、声をかけよう」

入り口まで来ると、支配人が声をかけてきた。

「お待ちください」

手には花束を持っていて、それを私に渡す。

「オーナーからです。今夜の記念にと……」

「オーナーから……ありがとうございます」

柔らかい色合いの可愛らしい花を集めた花束だった。

オーナーには会ったことがないのに、どうして私にと不思議に思い、レオポルドを見ると、複雑な顔をしている。

「……婚約者を差し置いて、花束?」

「他意は……ないかと……宝石などよりは無難だと存じますが」

「当たり前だ。お会いした時に私からお礼を伝えるが、バナーからもよろしく伝えてほしい」

「承知いたしました。またのお越しをお待ち申し上げております」

支配人に見送られて店を出ると、伯爵家の馬車が待機していた。

「オーナーはどんな方なのですか？」

馬車の中でもらった花束の香りを嗅ぐ。

「気になるか？　婚約者がいる女性に花を贈る気障《きざ》な人物だ」

レオポルドは自分を差し置いて、私に花を贈ったのがどうしても気に入らないみたい。

「花に罪はありません。それに、バナーさんも他意はないとおっしゃっていたではありませんか」

「それはわかっている」

「あなたはもっと素敵なものをくれたではないですか」

左手の指輪を見せると、彼の表情が少し和らいだ。

「喜んで……くれているのか？」

「当たり前です。今日のことも、植物園も食事も楽しかったわ。ありがとうございます」

アンセンヌ伯爵夫人やソフィーとの関係は気になったが、彼の笑顔を見られて嬉しかった。

強引に迫られるのはまだ抵抗があるが、それだって好意の表れなのだから、少しずつ慣れるしかないのだろう……慣れるかどうか自信はないが。

「お帰りなさいませ。若様、お嬢様」

「お帰りなさいませ、若様」

スタエレンス家に帰ると、筆頭執事とメイド長が出迎えてくれた。クラレスさんはレオポルドにだけ声をかけ、私にはお辞儀だけする。

「お手紙が届いております」

執事長がレオポルドに手紙を差し出した。

「手紙?」

「お急ぎのようです。すぐにお改めを」

「コリーナ、すまない。部屋まで送ろう。父上たちはどちらに?」

「旦那様は書斎に。奥様は私室にいらっしゃいます。帰宅の挨拶は不要と伺っております」

「なら、行こうか」

「でも、お急ぎならレオポルドは先に……」

「送り届けるまでが務めだ。ほんの少し遅れても何も変わらない」

遠慮する私の腰を抱き寄せ、レオポルドが階段に並んで向かう。

「クラレスは下がってカルロだけついてきてくれ。もしかしたらすぐに出るかもしれない」

私たちの後ろをついてこようとした二人に声をかけた。

「ですが若様……」

「クラレス、おっしゃるとおりにしなさい」

納得できないクラレスさんを執事長が咎《とが》め、彼女は引き下がらざるをえなかった。

「あの……大丈夫ですか？」

クラレスさんのショックを受けた顔が気になったが、レオポルドは大丈夫だと言う。

「以前にも注意はした。今回が初めてではない。必要ないものは必要ないと言っているだけだ。私も妻を迎えようという歳だ。雇われている者として尽くしてくれるのは構わないが、不必要な世話は望んでいない」

きっぱりとした言い方だった。でもそれで彼女は納得するだろうか。

「ここで分を弁《わきま》え、己の本分に戻るならそれでいい。もしそうでなかったら……」

「そうでなかったら？」

私がその疑問をぶつけると、レオポルドが答えた。

「彼女の出方次第では、厳しく対応する」

『厳しく』がどういうものなのか、最悪解雇ということなのか。どちらにしても私が口を出すことではないと、口を閉じた。

「差し出がましいこととは存じますが、お嬢様のお気になさることではございません」

カルロもそう言う。

私の部屋の前まで来ると、カルロが思い出したように付け加えた。

「『アリーシャ』からと、ご実家からお荷物が届いています」

「荷物？」

「差出人はジーナ様です」

『アリーシャ』からはわかるが、実家からの荷物はなんだろう。少し考えて、ペトリ家を出る時に何か贈り物をすると言っていたことを思い出した。

「婚約の贈り物……彼女も友達から贈ってもらって役立ったと言っていたの」

「なんだろうね。後で見せてくれるか？　お礼をしないと」

「ええ」

「着替えたらまた来る」

カルロの前なので、軽く頬が触れるチークキスをして、部屋に入った。

後でレオポルドが来るなら、寝仕度は後にした方がいいかもしれない。

寝台の上には、赤いリボンをかけた白い箱が置かれていた。リボンにはカードが挟まれている。

『素敵な夜を　ジーナ』と書かれたカード。

「素敵な……『夜』？」

安眠グッズか何かだろうか。リボンをほどき、箱を開けた。

薄い紙包みを開けて、中身を取り出して驚いた。

中に入っていたのはうす～い、スケスケ生地の下着。紐のパンティに乳首を覆うのが精一杯のブラ。それから何のために着るのかわからない、中央に切り込みが入った腰丈の黒のレース編みのビスチェドール。

「……」

『素敵な夜を』は前に『レオポルドと』がつくものだった。

コンコンと部屋の扉を叩く音が聞こえて、次いで「コリーナ」とレオポルドの声がした。

ジーナさんから何が贈られたのか見に来ると言っていた！

「ま、待って……」

箱に戻して蓋をし、慌てて扉を開ける。さっき出かけたままの服装のレオポルドが立っていた。

「急用で出かけてくる」

「今からですか？」

「ああ。その前に、贈り物が何なのか聞いておこうかと」

「…………」

「コリーナ？」

レオポルドの問いに言葉に窮し、黙ってしまう。

「なんだったんだ？」

「あ、えっと、大したものでは……」

「だが、婚約の贈り物なのだろう？　今度会った時にお礼を言わないといけない。なんだったのかわからないと……あれか？」

背が高いから、私の頭越しに箱が見えたようだ。

蓋をしていてよかった。していなければ、遠目でも中身がわかったかもしれない。

「私には教えたくない。そういうことか？」

「教えたくないというか……今見せるものじゃないというか……」

何とか見せないようにごまかせないか。

「若様、馬車のご用意ができました」

「わかった。もう行かないと」

呼びに来たカルロの方を見てから、再び私の方を振り返る。

「いってらっしゃい。無理なさらないでね」

父を送り出す時に、ジーナさんはキスをしていた。私もするべきだろうか。躊躇《ためら》っていると、レオポルドが私の手を取った。

「帰りは遅くなると思う。また明日。お休み」

手の甲にキスだけして、レオポルドは手を離した。

「見せる覚悟ができたら、見せてくれると嬉しいよ」

背中を向けたままレオポルドが言った。

レオポルドが出かけ、私は再び寝台の上にある箱を開けた。

もう一度よく見ると、なぜかパンティは大事な部分で生地が裂けている。不良品でなければ、目的があってわざと裂けているのだ。

これをいつ着るかなんてわかりきっている。普段使いではない。

わからないのは、どのタイミングで着るかだ。

これを着てから誘う？　それともそういう時になったら、慌ててこれを着るのか。

「コリーナ様」

「は、はい！」

寝仕度の手伝いにメイドが来たので、慌てて下着を再び箱に押し込めた。

メイドの誰かだと思っていたら、やってきたのはクラレスさんだった。

「若様はお出かけになりました」

「ええ、さっき出かけてくると声をかけてくれたわ」

「私には何もおっしゃいませんでした」

「慌てて出かけたから、時間がなかったのかも……」

「若様はお変わりになりました。以前は私を遠ざけることはなさらなかったのに」

「以前のことは私は知らなくて……！」

何がどう変わったのか、私には本当にわからないのでそう答えた。

さっきのレオポルドの言い方だと、クラレスさんはレオポルドに対し過干渉な気がする。

レオポルドもそれで、彼女から距離を置こうとしているのだろう。

「そういう話だけなら、もう下がってくれていいわ。レオポルドのあなたに対する態度については、彼なりの考えがあるでしょうし、私は何も意見できないわ」

私にはスタエレンス家の事情に口を挟む権限はない。

「お仕度に別の者を寄越します。お休みなさいませ」

「ありがとう。お休みなさい」

クラレスさんが思ったよりあっさりと引き下がり出ていくと、代わりのメイドが来るまでに箱から中身を取り出して、衣裳棚の下の方に隠した。

巷《ちまた》ではああいうものを着るのが普通なのだろうか。

今夜はレオポルドも急いでいたからあれ以上の追及はなかったけど、余裕ができたらきっとまた尋ねてくるに違いない。

「身につけるもの」とだけ言ったら……なら、つけたところを見せてと言われる。

いずれは何を贈られたのか伝えることになるのだろうと覚悟を決めたが、どうやって伝えるかうまい言葉が見つからず、もんもんとしながら眠りについた。


「おはよう」

「おはようございます」

朝起きて朝食室に行くと、伯爵夫妻が先に座っていた。

「昨日は楽しかった？」

「はい」

「そう。レオポルドはいないようだけど」

「一度一緒に戻ったのですが、また出かけたようです。まだお帰りになっていないのですか？」

「夜中にお戻りになりましたので、まだお休みになられているのかと……」

カルロが教えてくれた。

「まあ、でもそろそろ起きないといけないのではなくて？」

「さようですね」

カルロが懐中時計を確認する。

「コリーナさん、起こしてきてあげて。あなたが行ったらきっと驚くわ」

「それがいい」

伯爵夫人が楽しそうに言い、伯爵もそれに賛同する。

「え……でも」

勝手にそんなことをしていいのだろうか。

「後でレオポルドがどんな様子だったか、こっそり教えてね」

戸惑う私と反対に夫妻の期待に満ちた視線に負けて、私は目覚めのお茶を持ってレオポルドの部屋へと向かった。

教えられた部屋の前に行ってノックし、少し躊躇《ためら》った後に扉をそっと開けた。

部屋の中はカーテンが閉じられて薄暗い。寝台の四方を取り囲む布も下りたままだ。

昨夜遅かったならもう少し寝かせてあげたいが、昨日は私と出かけるために休みをもらい、今日は必ず出仕しなければならないみたいだ。

ルディが小さい頃は、文字どおり叩き起こした。でも大人になってからは起こさなくなった。ルディが嫌がったからだ。父のことも起こしたことはない。大人の男性を起こすにはどうしたらいいのか。

「あの……レオポルド」

お茶を置いて、まずは布越しに小さく声をかけた。

がばりとレオポルドが体を反転させて身を起こした。

「コリーナ」

布を払い後ろ手に腕をついて上半身を起こしたレオポルドが、驚いて私の名を呟いた。

「どうし……」

「ご、ごめんなさい……」

シーツの下はわからないが、レオポルドは上半身裸だった。

薄暗がりの中で、寝起きのレオポルドが微笑んだ。

「おはよう、コリーナ」

上半身を曝《さら》け出したまま、片腕をついて挨拶する。

「おは、おは、おはよう……ございます。あ、朝のお茶」

「ありがとう。もらうよ」

体を動かしたせいで、シーツがずれて腰まで丸見えになった。

「……！」

「流石《さすが》に下は身につけているよ。期待に添えなくて申し訳ない」

私が何を想像して慌てて視線を逸らしたのか察して、面白がっている。

「べ、別に……」

お茶を彼の前に持っていく。少し手が震えてカップがカチャカチャと鳴る。

「そんなに怯えなくても、朝から襲ったりしない」

少し寝乱れたダークブラウンの髪を掻き上げて、微笑む彼が色っぽすぎてどぎまぎする。

カップを受け取る際に手を包み込まれ、引っ張られた。

「あ……」

右手でソーサーを持ち、バランスを失って倒れかかった私を左腕で抱きとめる。

「指輪、つけてくれているんだ」

私の左手を見て、レオポルドが嬉しそうに言った。

「気に入っているんです。あの……何もしないって……」

「襲わないとは言った。でも君が私の胸に飛び込んできたんだ」

「それは屁理屈……」

「暴れないで。お茶がこぼれるから」

頬がレオポルドの肌に直接触れ、硬い筋肉と温かさを感じる。

お茶がこぼれると言われたら、動くに動けない。

「だったら早く飲んで……」

「猫舌だからね。もう少し冷めないと」

本当かどうか怪しい。

「出仕するのが遅れるわよ」

「今日は昼までに行けばいいと言われている」

「え、だったら……」

まだ時間は十分ある。朝食を食べてから起こしに来てもよかった。

伯爵夫妻ばかりか、カルロにまで担がれたのだと悟った。

「じゃあ、もう少しゆっくり休んで……」

「目がさえてしまった。君が添い寝してくれるなら考えてみるが」

「し、しませんよ。朝から……朝食もまだなんですから」

「じゃあ、私と一緒に食べよう」

さっと私を離すと一気にお茶を飲み干す。

「すまないが、カーテンを開けてくれるか」

「あ、はい」

窓辺に行って、片側に寄せたカーテンをタッセルにくくりつける。振り向くと、レオポルドはちょうど夜着の下を脱ぎ捨て、下着一枚になったところだった。

「な、なにを……」

目のやり場に困り、慌てて両手で顔を覆ったが、ばっちり見えてしまった。

さっきは部屋の中は薄暗かったが、今は明るい陽光が部屋に降り注いでいるので、がっしりとした太ももがはっきり見えた。

「ご、ご自分で着替えるのですか?」

衣擦れの音が聞こえるので、服を着ているとわかる。

「礼装を着る時以外は、大抵自分で済ませる。女性と違って、男物は自分で脱ぎ着しやすいから。着替えのためだけに人の手を煩《わずら》わせる必要はない」

「そうですか」

一瞬だったが、下着の前あたりが女性と違い、少し膨らんでいた。あれが、男性の……あきらかに自分とは違う体つきに戸惑う。

「もう目隠しを取っても大丈夫だ」

おそるおそる指を開いて隙間から覗き込むと、レオポルドはシャツのボタンをとめているところだった。

水差しから洗面器に水を注いで顔を洗い、ブラシで簡単に髪をとくのを眺める。てきぱきとした手つきで、本当に身支度を自分でしてしまった。

「お待たせ。さあ、行こうか」

それから一緒に一階に下りて朝食に向かうと、伯爵夫妻はもうそこにはいなかった。

レオポルドは朝からよく食べた。スクランブルエッグは優に二人前はあり、そこにカリカリに焼いたベーコンと茹でたソーセージを山盛り載せる。サラダも大きなボウルに入っていて、バゲットにもたっぷりバターを塗る。

「いつもそんなに食べるのですか？」

そう言えば、昨夜も私の倍の肉を平らげていた。

「昔に比べれば少し量は減ったかな……今は事務仕事が中心なので、体を動かす機会も少なくなった。忙しくて昼を抜くことも多いから、朝はしっかり食べるようにしている」

太ってはないが、背も高く体格もがっしりしている。その体を維持するにはそれだけ食べる必要があるようだ。意外に大食漢だと、レオポルドのことをひとつ知った。

「逆に君はそれだけで足りるのか？」

私のお皿には、サラダとゆで卵とデニッシュパンひとつが載る。

「十分ですよ」

貧しかった頃は、野菜の切れ端が浮いた色の薄いスープと硬いパンだった。

「私はレオポルドより体は小さいし、もうがつがつ食べる歳ではありませんから」

「そう言えば昨夜教えてくれなかったが、実家からは何が届いたんだ？」

朝食を終える頃に思い出したのか、尋ねてきた。

「ブフッ」

唐突だったので、飲んでいた紅茶を誤飲しかけた。

「大丈夫か？」

ナプキンで口元を押さえ、ゴフゴフと咳き込む私を心配したレオポルドが立ち上がりかけた。

「だ、だいじょ……」

それを手で制して深呼吸する。涙目になりながら、顔を上げる。顔が赤いのは咳き込んだせいだと思ってくれるといいのだけれど。

「えっと、衣料品……でした」

「衣料品？　また大きく分類したものだ。具体的には？　ドレスとか、外套《がいとう》とか……」

「そういうものでは……」

「やけに歯切れが悪いが……ドレスでも外套《がいとう》でもなく……箱の大きさを考えるともう少し小さいものか……ああ」

何かを悟ったのか、楽しそうににっこりと笑う。

「ジーナ殿もなかなか粋なことをなさる。恥ずかしがることはない。どうせ最後には全部取り払うのだから」

「やめて、朝から下着の話なんて……」

「私は何も言っていないぞ。そうか、贈ってくれたのは下着か」

「……」

確かにレオポルドは下着とはひと言も言わなかった。自分から暴露する形になってしまった。

「身につけてみたのか？」

「そんなわけ……き、着る必要は……」

「それを着た君を、いつ見せてくれるんだ？」

「い、一生ありません！」

「だが、せっかくジーナ殿が贈ってくれたのに、着なければ彼女もがっかりするだろう」

「う……そ、それは……」

レオポルドの意見ももっともだ。義理の娘のためにとくれたものを、蔑《ないがし》ろにされたらがっかりするだろう。ジーナさんの思いに応えたいと思う気持ちと、羞恥心の板挟みになる。

「君のことだ。自分の気持ちよりジーナ殿の厚意を考えて、そちらを優先するのだろうな」

葛藤する私を見て、レオポルドが最後のひと押しをする。

「い、いつ着るかは私が決めます。レオポルドの意見は聞きません」

「そうか。では、毎晩、楽しみにしていればいいのだな。毎日帰るのが楽しみだ」

「そんな期待をされても、一年先かもしれませんよ」

「大丈夫だ。君がその気になるように仕向ければいいだけだ」

頬杖をつき、にやりといたずらっ子のように微笑む。

「私を？」

どうやってその気にさせると言うのか、怖くてとても訊けない。

「お、お好きになさってください」

真っ向から勝負して、勝てる自信などない。

レオポルドが本気になったら、私なんて赤子の手を捻《ひね》るより容易《たやす》く翻弄されてしまう。

「私は勉強がありますので、お先に失礼しますわ」

昨日はデートで少しも勉強できていない。クラレスさんと話をするのは苦手だが、手を抜くわけにはいかない。

「勉強？　そう言えばクラレスからスタエレンス家について勉強しているそうだね」

「早くにここに移ってきたのは、それが目的でもありますから」

レオポルドと親密な関係になるのはなかなか慣れないが、やることがあるのはありがたい。

「近いうちに外務大臣のお宅に伺うのですよね」

レオポルドの上司で、身分の高い方に会うと思うと緊張が走る。

「そんなに緊張しなくても大丈夫だ。大臣も奥方も肩肘張らない良い方だ。今日出仕したら、時間など詳しいことを伺っておこう」

「何か手土産など、持参した方がいいのでしょうか」

「その件は母上に相談するといい。何かいい案を出してくれるだろう」

「わかりました。あの、それではお先に失礼します」

「ああ、ではまた夜に」

レオポルドを残し、先に食堂を出た。

あの下着を身につけた自分が彼の目の前に立った姿を想像して、思わず赤面する。パンティの生地が裂けていたのは、脱がなくても大事な部分が見えるようにで、ブラは中心の乳首が隠れる程度で、それだって透けて見える。あからさまにそういう時のために作られたものだ。

「………」

初体験は残念ながら気持ちよかったのか痛かったのか、憶えていない。初めては痛みを伴うと聞いたが、それすらも二日酔いの頭痛と胸焼けに掻き消され、どんな風だったか記憶にない。

記憶の上書きがどうとかレオポルドは言っていたが、私には上書きする記憶がない。

その人が無理やり乱暴に奪ったなら、きっと恐ろしくてもっといろいろ憶えているはず。

「私って……お酒を飲んだら淫乱にでもなるのかしら」

お酒で理性を失ったら、抑圧されていた本能が浮き彫りになると何かで読んだ。なら、お酒を飲んで迫った私は、そういうことなのだろうか。

恋愛については未熟でも、体は本能で相手を求めるものなのだろうか。

レオポルドが出かける時間になり、見送りのために玄関へ向かった。

玄関まで行くとレオポルドが待っていた。

「コリーナ、見送りに来てくれたのか？」

私を見ると彼は嬉しそうに笑った。ただそれだけなのに、どきりとする。

パタパタと足音が聞こえて振り返ると、クラレスさんが小走りで向かってきた。

「若様、お出かけでございますか」

「クラレス、忙しいのに無理に見送りに来る必要はない」

「そんなわけにはまいりません、若様が初出仕された時から、お見送りは私の仕事です」

クラレスさんは使命感に燃えていた。

「何度も言うが、いちいち私の見送りをする必要はない。もう私の世話係ではないのだ。それに、見送りならこれからはコリーナがいるから、大丈夫だ」

クラレスさんの前で私の肩を引き寄せて、きっぱりと言った。

「ですが……」

「そなたは今はこの屋敷のメイド長だ。特別扱いはいらない」

「ですが……」

「あの、レオポルド、そろそろ時間です」

クラレスさんは「ですが」を繰り返し、その度に項垂れていく。

私はレオポルドを玄関へと引っ張る。抵抗するつもりのないレオポルドは、あっさりと動いてくれた。クラレスさんはその場に縫い付けられたかのように動かない。

「レオポルド。あまりクラレスさんを追い詰めないであげて」

彼女に聞こえないように小声で囁《ささや》いた。

「今までずっとそうしてきたのなら、急にやめろと言われても納得できないでしょ?」

「こういうことは、はっきりと言わないと伝わらないものだ」

「でも、今ではないわ。何も悪くないなら、もう少し時間をかけて納得してもらいましょう、ね！」

クラレスさんのことはよく知らない。でも、あんなに項垂れているのを見ると気の毒に思う。

「彼女はあなたの世話係だったのでしょ？　今は私の先生でもあるの。それに、仕事はできると認めていらっしゃるなら、きちんと話せばわかってくれるわ。だから……」

「……わかった。今日のところはこれ以上言わない。私も彼女を苛めたいわけではないから。だが、あやふやな態度ではかえって彼女を助長させるだけだぞ」

「ありがとう、レオポルド」

「そこでキスをしてくれると嬉しいのだが」

お礼を言うと、身を屈めてレオポルドが耳打ちしてきた。

「そ、そのうち……ね」

真っ赤になった私の頬をレオポルドの唇が掠めていった。

「レオ……」

「行ってくる」

私が何か言う前に、レオポルドはさっさと馬車に乗り込んだ。

「い、いってらっしゃい」

馬車の窓から顔を出したレオポルドに手を振り、馬車が敷地を出ていくのを確認してから玄関の方を振り返った。

そこにはまだショックを隠せない様子のクラレスさんが立っていた。

「あの……」

私が声をかけると、クラレスさんはうわ言のように呟き出した。

「若様は変わられました。昔はクラレス、クラレスと慕ってくれていましたのに」

「それは子どもの頃の話では？　レオポルドはもう三十になるのよ」

ルディも母が亡くなった頃は、夜になると私と一緒に寝たがった。でも、一年も経たないうちにそれが恥ずかしいと思い始め、一人で寝るようになった。それが成長というものだ。

「レオポルドも伯爵夫妻も、あなたのことは認めています。世話係だった時も今も、クラレスさんが優秀な方だと皆、口を揃えておっしゃっています」

「私は常に最善を尽くしている自負はございます。皆様の期待以上の働きを心掛けております」

くいっと顎を上げて、クラレスさんに覇気が漲《みなぎ》ったのがわかった。

「失礼ですが、こちらにいらしたばかりの方に、私のこれまでの人生の何がわかると言うのでしょう」

私を見返す目には、少し苛立ちが宿っていた。

「そうね。私はクラレスさんのこれまでの努力を何も知らないわ。でも……」

彼女が若様と言ってレオポルドに構おうとする度に、レオポルドを苛つかせている。

あれ以上厳しく言わないのは、クラレスさんに嫌な思いをさせないためだ。

今の彼女はスタエレンス家に仕えるメイドを取り仕切って采配するメイド長であり、レオポルドの世話係でない。

「お嬢様はまず、スタエレンス家のことをよく理解する必要があります。私以上に若様を大事に思うのでなければ、若様のお相手として十分とは言えません」

「あなた以上に？」

「そうです。お見受けしたところ、お嬢様には若様を誰よりも大切にする覚悟がないかと」

「…………」

クラレスさんに言われて、私は言葉に窮した。

クラレスさんがレオポルドを大事に思っているのは、彼女の態度を見ればわかる。

でも、人の思いを何かで測ることなんてできるものなのか。

人はどれほど、どんな風に好意を持っているかを言葉や態度で示さなければ伝わらない。小説なら相手の心情まで書いてくれているが、現実はそうはいかない。

クラレスさん以上にレオポルドを大事に思わないといけないなんて口で言われても、私が今彼に感じている思いやその比重がどれほどかなんて、自分でもよくわからない。

「難しいことを言うのね……」

「難しい？　まあ、そうでございましょうね。何と言っても、私は若様にお仕えして十年以上」

「年数のことを言っているのではないわ」

「は？」

「目で見えないものをどうやって測るの？　まして、その思いがどれほどのものか、どんな種類のものか、そっくり同じものかなんてわからないでしょ」

「それは……」

「それに、人の気持ちを推し量ったり、操ったりすることも簡単ではないわ。もちろん、相手に自分の思いを伝えて、それで意識してもらうことは可能よ。でも、思う相手に必ずしも思ってもらえるとは限らない。振り向いてもらえないから、同じ思いを返してくれないからと相手を責めるのも違うと思うわ」

　クラレスさんの行動を否定するわけではないが、いくらレオポルドを大事に思っていても、レオポルドがそれを重荷に感じたなら、それは彼女の自己満足にすぎない。

「クラレスさんがレオポルドを思う気持ちは、使用人としてなの？　それとも母親？　少なくとも私は彼に対して、そんな風に思えないわ。だって私は彼に仕えているわけでも、母親でもないもの」

「それは、そうですが……」

「あなたの考えを否定はしないけど、私の立場とあなたの立場はすでに違う。思う気持ちをそれ以上にと言われてもそれは無理なこと。わかってくれるかしら？」

　頭では理解しているが、気持ちの上で納得できていないのはクラレスさんの顔を見ればわかる。

「二人で何の話をしているの？」

　その時、伯爵夫人が居間から現れて声をかけてきた。

「奥様……」

「何か揉め事かしら？」

「いえ、そういうわけでは」

クラレスさんは夫人を見て、私を見る。私の出方を窺っているのだろう。

「二人でレオポルドの見送りをして、少し話をしていただけです」

レオポルドへの気持ちの重さを議論しあっていたと言うより、価値観の相違だった。

「そうなの？」

夫人は疑っている。彼女は私とクラレスさんのどちらの味方につくのだろう。

息子の婚約者になりたての私と、昔から仕えるクラレスさん。

付き合いの長さで言えばクラレスさんだが、クラレスさんの立場も微妙みたいだ。

「はい」

クラレスさんの娘ほどの年齢（彼女の娘にしては少し年増《としま》かも）の私と、仕える家の息子とのことで意見しあったと知ったら、夫人はどうするだろう。

でもなんだか告げ口するみたいで、今ここで言うのは躊躇《ためら》われた。

夫人は私たちの表情を観察している。

「そう……仲良くしてくれているならそれでいいわ。コリーナさん、お茶の用意ができているの。サロンでお茶をいただきましょう。クラレスは仕事に戻って」

「はい、奥様。失礼いたします」

彼女が立ち去る後ろ姿を眺めていた夫人は何を考えているのか、振り返った時には笑顔だった。

「さ、行きましょうか」

　夫人が淹れてくれたお茶をひと口飲むと、彼女が語りだした。

「レオポルドは自分がお腹を痛めた子ながら、あの子の妹にかかりきりで、構ってあげられなかった時期があったわ」

「それは以前お聞きしました」

「レオポルドはそのことで私を恨んでいないし、今さらだと言ってくれたわ。それを私も夫も信じています。でも……」

「でも……」

「クラレスはそうは思っていないかもしれない」

　クラレスさんの様子を見ると、夫人の言うことも間違っていないと思う。

「それでも、彼女がレオポルドを大事に思ってくれているうちは、私も夫も彼女を今のまま雇い続けるつもりよ」

　雇用主としては立派なことだ。そこまで信じて雇ってくれる人はなかなかいない。

「クラレスさんが、レオポルドを大事に思っているのはわかります。私にも、そうであってほしいと言っていました」

「母親の私が言うのはどうかと思うけど、ご令嬢たちがレオポルドに対して心をときめかせていたのを知っているわ。でも、あの子が我が家へ連れてきたのはあなたが初めてなの。クラレスもそれを知っているから、あなたに期待しているのかしら」

「期待……ですか」

そんな風に言わると逆にプレッシャーを感じ、しり込みしてしまう。

「あの子、表情が硬いというか……何が好きとかあまり顔に出さない子で、正直、私はあの子が何を考えているのか、わからないことが多いの」

「顔に……？」

夫人の言葉に、初めて会った頃のレオポルドのことを思い浮かべる。でも、再会してからは意外にもほかの表情も見せてくれる。

「仕事も秘密主義というか、この三年近く、あの子がどこで何をしていたのか、ルブラン公爵のもとで何かしているのはわかっているのだけれど、長く音信不通の状態が続いていたの」

事情があると言っていた。私にも詳しく言わなかったが、まさかご両親にまでとは思わなかった。

「夫ともあの子を信じて何も言わないでおこうと話し合っているのだけど、怪我もなく帰ってきてくれてほっとしているの」

「さぞやご心配だったでしょう」

伯爵夫妻の心労は想像に難くない。親子にもいろいろな関係があると、私も理解している。子どもに無償の愛を注げる親ばかりでないことも。でも、伯爵夫妻は子どものことを気にかけ、心配できる人だ。

「あの子が帰ってきた時もね、本当はさんざん心配していたと文句を言ってやろうと思っていました。けど、無事がわかったらどうでもよくなって。責めるのは簡単だけど、そうしてはあの子がやってきたことを否定するのではと……二人でただ、無事に帰ってきてくれたことと長い間のお勤めを労ったの」

「賢明なご判断だと思います」

改めて伯爵夫妻の思慮深さを知った。

「クラレスには薄情だと責められましたけどね。でも、レオポルドはどちらの気持ちもわかってくれたわ。その時、あなたのことも聞いたの」

「私の？」

「そうよ。あの子が今回で仕事の方は落ち着くと言うから、どなたかいい相手を探そうと私が言うと、あなたのことを持ち出したの。驚いたわ。いつの間にそんなことにと思いました」

「はあ……そうですよね」

自分もトレイシーの結婚以降レオポルドのことを忘れていたとは言えず、なんだか後ろめたい気持ちになった。

「もちろん、あなたのことはルーファスを通じて知っていたからあの子がいいと言うなら、私たちに異存はありません。でもあなたはずっと息子が帰るのを待っていた……感じではなかった」

夫人の勘は当たっている。伯爵夫妻とはレオポルドがいなかった間も、何度か顔を会わせていた。本当に彼がいない間も彼を思っていたなら、夫妻に会う際にそれらしい素振りを見せてもおかしくない。だって、好きな人の両親なのだ。

「あなたとレオポルド……馴れ初めはルーファスとあなたの妹さんの結婚らしいけど、会った回数も少ないでしょ？　レオポルドがあなたとのことを話してくれた時も、まだ正式には結婚の承諾をもらっていないようなことを言っていたし」

「そのことは……」

「そうね。当事者でない私たちがどうこう言っても、それは余計なお世話ね」

「そういうわけでは……でも、レオポルドを嫌いとか、この婚約が嫌だと思っているわけではないのです。それだけは信じてください」

「あなたがきちんと地に足のついた方でよかった。レオポルドの外見や肩書きに翻弄されて夢ばかり見ているような方では、クラレスのこともあんな風に庇ったりしないでしょうし、彼女をどうにかしてくれと私に訴えたでしょう」

「え、あの、庇ったりは……」

「そうね。ただの世間話だったわ」

見透かしたような視線を避けて、慌ててお茶を飲んだ。

「ところで、ジーナさんからの贈り物ってなんだったのかしら」

「ブフッ」

「あら大丈夫？」

夫人にまで訊かれると思わず、驚いてお茶を吹き出した。

「ゲ……ゲホ……だ、大丈夫……です」

ジーナさんからの贈り物で、今日は二度も咳き込んでしまった。

「以前お会いした時に、もし届いたら、ぜひ活用するようにあなたに念押ししてほしいと言われていたの。中身は聞かなかったけれど、もう使ってみたのかしら」

「い、いえ……まだというか……いつ使うのか……まだ決めては…」

「あら、贈り主がそう言っているから、早く使って使い心地をお伝えした方がいいわ」

「使い心地ですか」

悪意なく言っているのはわかるが、言われたこっちは返答に困ってしまう。

「何か変なことを言ったかしら？」

しどろもどろになる私の様子に、流石《さすが》の夫人もおかしいと思ったようだ。

「変なことは……ちょっと……夫人の前でお見せできるものでは……」

ここまで言ったらますます不審に思われるとは知りながら、これ以上はとても言えなかった。

「私には見せられないもの……レオポルドには見せられるのかしら？」

「う……見せられない……わけでは……」

トマトのように顔が赤くなっているのがわかる。変な汗も流れてくる。

「ふふ……何となく……予想はついたわ。つまりは、そういう類いのもの……ということね」

妙に納得した夫人の顔を見て、夫人の脳裏に何が浮かんだのか、恥ずかしくて確かめることはできなかった。

結局、夫人には逆らえず、私は「善処します」とわけのわからない約束をした。

「あなたがそれを着たところを見たあの子の顔が見られないのは残念ね」

婚約者の母親に、際どい下着を着て彼の前に立つ姿を見られるなんて、レオポルドに見られるより恥ずかしい。

「お礼の手紙は送ったのかしら？」

「いえ昨日のことなので、まだ」

そもそもどう書いていいのかわからない。「素敵な贈り物をありがとう。ぜひ使わせてもらいます」……はおかしいかな。「とても貴重な品をいただき……」それもおかしい。「私がすごく欲しかったもので……」でもない。頭の中で手紙の文面がグルグル回る。

夫人と別れ部屋へ戻り、引き出しの奥に押し込んだ下着をもう一度取り出して寝台の上に並べた。

中身はどうであれ、お礼の手紙は書かないと。書き物机の引き出しから便せんを取り出し、インク壺にペン先をつけた時だった。

「お嬢様」

扉を叩いて、クラレスさんが入ってきた。

「え、あ……え、ク、クラレス……さ……」

後ろを振り返って、寝台の上を見る。隠さないと、取りあえず彼女より先に寝台まで走り込み、下着を掻き寄せて胸に抱えた。

「少しよろしいですか？」

「あ……え……」

私の奇妙な行動にも気づかず、クラレスさんがか細い声で言った。今は都合が悪いと言って引き上げてもらうこともできたが、彼女の表情がやけに神妙で、思い詰めた様子だった。玄関先でのやり取りから少ししか時間が経っていないのに、さっきの威勢はどこへ消えたのか。

「あの、まだ何か？」

それとも何か言い足りなかったのだろうか。胸に抱えた下着を、クラレスさんから見えないようにさらに丸めた。

「クラレスさん？」

「先ほどはありがとうございました」

「……？」

「奥様に黙っていてくださって。お嬢様に失礼なことを申しましたのに」

「別にわざと言わなかったわけでは……」

失礼だと自覚はあったかと思いながら、レオポルドに対しては私ももう少し積極的になるべきだとも思っていたので、それほど的外れだとは思っていない。だが、親や兄弟が言うならわかるが、彼女は雇われている立場だ。思っていてもあんな風に言うべきでない。

「若様のことになると、つい思うより行動が先走って」

「そうみたいですね……」

「若様が変わったとぼやきましたが、変わらない方がおかしいのですよね。若様はとっくに大きくなられているのに、私だけがいつまでも……」

「どうして急に……」

いきなりの態度の変わりように、戸惑いしかない。

「若様に突き放されて、どうしてと。変わったのがお嬢様のせいではと……少し恨みにも思いました。それで、あのような非礼を……わかっております、私の逆恨みだと」

私が何か言う間も与えず、クラレスさんはとうとうと語り続ける。

私への風当たりがきついように感じていたが、思い違いでなかったようだ。

「お嬢様の教育係を買って出たのも、若様のお相手を見極めたいと思ったからで……旦那様たちは若様の決定を尊重して、お相手について特に何も意見をお持ちでないようでしたから」

レオポルドの両親は私を顔見知り程度には知っていたこともあり、簡単に受け入れてくれた。と、思っていたら意外なところに審査の目があったことを知った。

彼女が初めに私に対して抱いていた気持ちはわかったが、急に気持ちが変わったのはなぜなのか。

黙ってクラレスさんの話を聞く。

「お仕事をお始めになって、表向きとは別のこともされているのは存じておりました。少しずつ……若様が変わっていくことを見て見ぬ振りしていたのかもしれません」

本当はもっと早くから肌で感じていたのかもしれない。彼女はそう言った。

「二年半、若様が外国に行かれて、離れたことによってはっきりわかったのを、いつまでも認めたくなかったのかも。お嬢様という新しい存在がそれを気づかせてくれました」

「でも、今朝までは……まだ、そんな感じではなかったわよね」

この短時間にどういう心境の変化があったのか。クラレスさんの言葉をまだ受け止めきれない。

クラレスさんが私を認めようと認めまいと、レオポルド本人もご両親も私を認めてくれているのだから、それは障害ではない。

　でも、できれば多くの人に祝福してもらいたい。レオポルドに相応《ふさわ》しいと思ってもらいたい。それは私の自分勝手な希望だ。当事者が納得していればいいのだが、二人の思いで突っ走るような年齢ではない。周りとの摩擦はできるだけ少ない方がいい。

　レオポルドへの思い。それが一番私には足りないのかもしれないけれど……

　だからクラレスさんには、私がレオポルドに相応《ふさわ》しくないように見えたのかもしれない。

「ただ若様の容姿や肩書きだけによろめいているのではと、最初は疑っておりましたし」

　そんなことを考えていると、クラレスさんがさらに続ける。夫人にもさっき同じことを言われた。

「まあ、私は世間では嫁《い》き遅れですし、崖っぷちですものね。私からすればレオポルドとの話は渡りに船よね……」

「いえ、そこまでは……それはご自分を卑下しすぎかと……お嬢様は素晴らしい方です。十分魅力的ですし、実年齢よりずっとお若く見えます」

「あ、ありがとう。そんな風に面と向かって言われると恥ずかしいわ」

冷たくあしらわれるより、褒められる方が面映《おもは》ゆい。

「お世辞でなく、若様のお相手としてではなくお会いしていたら、間違いなく素晴らしい方だと……私のような者が評価するのもおこがましい話ですね。失礼いたしました」

「いいえ、そんな風に言ってもらえて嬉しいです」

「ですからもし、若様とは関係なくお会いしたらと考え、お嬢様自身を見て私が間違っていたと思ったのです。もちろん、スタエレンス家の次期当主の奥様として、まだ学んでいただくことはありますが、今日限り若様にはもう執着しないと決めました。これからはお嬢様にお仕えします」

きっぱりと言いきったクラレスさんを、目をぱちくりさせて見つめた。

「えっと、それは嬉しいけれど、なぜ急に？」

レオポルドから私に鞍替えしたのはなぜなのか。嬉しいと言いながら、顔がひきつる。

「レオポルド様は今でも大事な若様です。スタエレンス家に仕える者として、旦那様奥様、嫁がれたお嬢様たちに対する気持ちと何ら変わりません」

つまり、クラレスさんの中でレオポルドが最上位からほかの方と同列になったということ？

話は理解できたが、まだ信じられない。

「信じられませんよね。私の態度は初めから良くありませんでしたから。でも、お嬢様はそんな私を庇ってくださいました」

「庇おうとしたわけでは……」

「それでも、あの、さっきから何をお持ちなのですか？」

そこで初めて彼女は、私が胸に抱え込んでいるものに気がついた。

「き、気にしないで。大したものでは……」

慌てて彼女の目から隠そうとして、ひとつがポロリと落ちた。

「ひぃ!!」

拾おうとして屈んだせいで、ほかのものもすべて落としてしまった。

「見ないでぇ！」

私の叫びも虚しく、そのひとつ……パンティをクラレスさんが持ち上げた。

「あら……」

中心に切れ込みがある上に、これで大事な部分がちゃんと隠れるのかという小さな生地のパンティを見て、クラレスさんが口元を塞ぎ小さく呟いた。

「これは……私の趣味では……」

自分で買い求めたものではないと、それだけ誤解を与えたくなくて言い訳する。

「わかっております。お嬢様の気性ではまずあり得ないでしょう。まさか、若様……」

「ち、ちちちち、違います！」

慌ててそれも否定する。

「まあ、どなたがこれを用意したかは深く問いません」

「そう……」

ジーナさんが贈ってくれたと知られても特に問題はないが、買ったのはレオポルドでも私でもないとわかってくれたらそれでいい。

「それで、これから着るおつもりで用意されたのですか？」

「ち、ちちちち、違います！」

さっきと同じ台詞で我ながら芸がないけれど、パニックでその言葉しか出てこない。

「ですが、しまったままにするのはどうかと。お嬢様が身につけないと意味がありません」

「で、ででも……これ、着てみたい……ですか？　は、恥ずかしい」

「流石《さすが》に私の年齢では無理ですが、もう少し若ければ……お嬢様の歳なら着てみたかったです」

「え！　ほ、ほんと？」

意外な発言に声も上ずって聞き返すと同時に、そんな姿のクラレスさんを想像してしまった。

「こういうのを着ること自体、軽蔑されると思っていました」

私の予想では、目くじらをたてて『はしたない』と一刀両断されると思っていた。

クラレスさんは赤面もせず、至極まじめに答える。

「お嬢様がこれを着た姿を見た、若様の反応は気になります」

自分の持っていた下着を私に返しながら、クラレスさんの口角が少し上がっていた。

「でもレオポルドのこと若様、若様って……そんな風に接していた相手のそんな姿は見たくないのでは？」

「若様は今でも大事です。でも、若様に対する接し方に誤りがあったとわかりました。私のすることは苦言を申し上げ、束縛するのではなく、若様の意向を汲み、後押しすることです」

「そう……」

彼女の話を聞くと、若様第一主義だった方が、私としては平和だったのではないだろうか。

「それで、いつこれを着て若様をお迎えしますか？」

「あの、だから……それは……今すぐではないと思うわ。明日はレオポルドの上司の外務大臣のお宅を訪ねることになっているし、レオポルドも仕事が」

「確かに、若様もお休みの日まで呼び出され、お忙しいですが……」

「だから、これは当分、封印しておきます。レオポルドもそのうち忘れるでしょう」

忘れてくれているとありがたいが、はたしてレオポルドの記憶力がどの程度か……夕べのやり取りも考えると、あまり猶予はないように思う。

「若様は忘れっぽい方ではありません。些事《さじ》なら覚えておりませんが、この件をすでにご存じなら、十中八九、忘れはしません」

「はは……そうですか」

クラレスさんのレオポルド情報が間違う可能性はゼロに等しい。

「取りあえず一旦しまっておきます」

まだ昼なのに、下着のことでレオポルドや伯爵夫人、クラレスさんと会話して、どっと疲れた。

「すみません。手紙を書かなければいけませんので、一人にしていただけますか?」

「それは失礼いたしました。お邪魔して申し訳ございません」

「大丈夫よ。後で書いた手紙を実家に届けていただけますか?」

「わかりました。そのように手配いたします。出来上がりましたらお呼びください」

クラレスさんが出ていった後、ばさりと寝台に仰向けになった。

「ふう……取りあえず落ち着こう」

お腹に手を当てて仰向けで深呼吸する。

レオポルドとの再会から私の生活はバタバタだ。

「でも、嫌じゃないのよね」

家族のために頑張ってきた日々は、大変だったが充実していた。母が亡くなりお金がなくても四人で肩寄せ合って楽しかった。でも皆がそれぞれ新しい人生を踏み出していく中で、心に虚無感を抱き始めていた。

レオポルドは好きか嫌いかと問われれば、初めから嫌う要素はなく、好きな方だ。

でもどれだけ好きか、わからない。

レオポルドにぐいぐい来られると、やっぱりたじろぐが、体の奥でもぞもぞと蠢《うごめ》くものを感じる。

「クラレスが、私に今朝のことを話してくれたわ」

夕方、居間に行くと夫人が話し出した。

「レオポルドのことであなたを責めた言い方をしたって。察しはついていましたけど、あなたに言われて目が覚めたと言っていました。あの場で私にこんなことを言われたと告げ口してもよかったのに。あなたの立場なら許されることでしょ？」

クラレスさんがいくらメイド長でも雇い主は伯爵家だし、私の方が立場は上だ。夫人の言うとおりにしてもよかった。

「その前にレオポルドに厳しく言われて落ち込む彼女を見て、あれ以上追い詰めたくなかったのかもしれません」

「優しいのね」

「そんなことは……私にも非はあるのです。あっという間に結婚が決まり、流されているようなところがあって、それが彼女にはもどかしく見えたのかも」

「この前も言ったけれど、私もあの子の感情の起伏は読めないところがあるの。でも、あなたを前にするレオポルドには気遣いが感じられます。あなたと話す時の表情は、いつもと違うもの」

「いつもの彼を知りませんので、私には違いはわかりません」

正直に答える。私を相手にする時と、そうでない時の彼の違いがわからない。

「ほかの方と接するレオポルドをよく観察すればわかりますよ。あなたは間違いなく、レオポルドの特別よ。胸を張っていいわ」

「お恥ずかしいですが、きちんと誰かとお付き合いしたこともなくて、違いがよくわかりません」

「私も偉そうなことは言えませんが、こういうものは正解なんてあってないようなものよ。レオポルドの母親だからでなく、年長者の意見として聞いてほしいの。あなたらしくていいと思うわ。でも、一人で解決できないこともレオポルドと二人で解決していけばいいのではないかしら」

「私らしく……」

そう言われたが、私らしくってなんだろう。

「ジーナさんからの贈り物も、あなたの判断に任せるわ。つい息子とあなたのことに口出ししてしまったけど、こういうこと、あなたは苦手なのね」

「苦手……そうかもしれません。いい歳をして恥ずかしいですが、自分が当事者だと尚更……」

「さっきも言ったように、人によって付き合い方はさまざまです。ある人には正解でも、同じやり方が万人に通用するわけではないわ」

私の戸惑いをうるさがらずに、夫人は優しくそう言ってくれた。

「でも、そういう不安は、私でなくレオポルドに言った方がいいわね」

「レオポルドは鬱陶《うっとう》しく思わないでしょうか」

会って間もないし、婚約者の母親だが、同性だからか夫人には心の不安を話せた。でも、レオポルドには……なんだか強がってしまう。

「それを鬱陶《うっとう》しいと思うなら、相手にする必要はありません。嫌なら婚約解消すればいいのです」

「え、そんな……それでいいのですか？」

驚いて確認する。婚約解消を婚約者の母親に勧められるとは思わなかった。

「それは脅しですよ。本気にしないで。あなたのことは気に入っています。ずっと皆の母親代わりで頑張ってきたのは知っています。そのために異性とのお付き合いもなく、レオポルドが初めてだということも」

「そう……そうです」

「失礼いたします、奥様、お嬢様」

そんな話をしていると、クラレスさんが入ってきた。

「クラレス、どうしたの？」

「旦那様があと一時間ほどでご帰宅されると連絡が入りました」

「そう、わかりました。では、旦那様がお帰りになられたら夕食にしましょう」

「それから若様も、同じ頃に戻られるとたった今連絡がございました」

「レオポルドが……」

「はい、若様が……」

夫人はクラレスさんの話を聞いて、ふふ、と笑って彼女と頷き合ってから二人で私の方を見た。

「……？　どうかされたのですか？」

何がおかしいのかわからず、不安になる。

「気になさらないで。レオポルドが仕事を始めてから、帰宅時間を連絡して食事を一緒にしましょうなんて言ってきたのは初めてだから、どういう風の吹き回しかしらって」

「さようでございます」

クラレスさんも同意して頷く。

レオポルドが帰宅時間を連絡してくることの、何がおかしいのだろう。

「お嬢様に待っていてほしいからに決まっております。一緒に食事を召し上がりたいから連絡されたのですよ」

「私もそう思うわ」

「時間がありません。すぐにお風呂に入られて、身支度を整えましょう」

クラレスさんがポケットから取り出した懐中時計をさっと見て、まるで指令官のように言い放つと、メイドが二人湯浴みの道具を持ってクラレスさんの背後に立った。

「それでは奥様、失礼いたします」

夫人に頭を下げてから、私の背後に回って背中を押した。

「さ、お嬢様」

「え！　ええ、ちょっと……」

「また後でね」

クラレスさんに背中を押されながら夫人を振り返ると、楽しそうに手を振って見送られた。

「あまり時間がありませんから、てきぱきとね」

「はい、クラレスさん」

「お任せください！」

クラレスさんの命令に、若いメイドたちは鼻息荒く握り拳を見せた。

「あ、あああ、あの……」

部屋に入るなり服を二人がかりで脱がされ、もう一人が湯加減を見に行き風呂場の準備をする。すでにお湯が張られていたようだ。

「あの……クラレスさん」

あまりの勢いに素っ裸にされ、浴槽に放り込まれるまで抵抗できなかった。浴槽の縁《ふち》にしがみつき、すぐ傍に立つ彼女を見上げる。

「お、お風呂なら一人で……きゃっ」

言いかけた時、頭から大量の花びらが降ってきた。花びらを浮かべたお風呂なんて初めてだ。

「私、これからはお嬢様にお仕えすると言いましたよね」

「そ、それは……聞きましたが……あの、ちょ、ちょっと……」

私が抵抗すると、メイドの二人は困った顔でクラレスさんを見る。

「気にする必要ありません、続けなさい。奥様にも許可をいただきましたから」

「「はい」」

お風呂から上がると、今度は体や髪にいい香りのローションなどを塗り込まれる。

基礎化粧品などは日々の積み重ねが大事で、即席に効果が現れるものではないと思っていた。それでも、クラレスさん指導のもと、メイドたちが行った施術はかなり有効らしい。仕上がった後の私の肌は、まるでひと皮剥けた感じで、みずみずしさとしなやかさに満ちていた。

たった一回でこの効果なら、続ければどうなるのだろう。

「すごい技術ね……」

素直に感心する。

「別に私どもの腕が特別なのではありません。お嬢様の本来持っているものを引き出すお手伝いをしただけです」

「でも、ここまでして、レオポルドは気がつくかしら……」

「気づかなくても、少しでも頑張ったと思われたら自信になりますでしょう。それに、これだけして気づかないようなら、若様もそれまでです」

「それまで?」

「見る目がないということです。女性が己を磨き、少しでも美しくあろうとする努力を見過ごすようなら、若様も大したことがないというものです」

この場合、私が努力していることになるのだろうか。張り切っているのはクラレスさんたちで、私は翻弄されただけだ。

「とにかくありがとう。ここまで人に世話を焼かれることがなかったから、初めは照れ臭くて仕方がなかったけれどたまにはいいかも。あ、でもやっぱり他人に体を洗われるのはちょっと抵抗あります」

　いくら同性でも、体を触れられることに慣れていない。

　背中ならまだいいが、体の正面や腰から下は遠慮したい。

「さあ、もう少し髪を乾かしましょう。それから髪を結いますから」

　ジーナさんからの贈り物を着せられたらと思ったが、下着はいつもと同じもので安堵した。それは着ないと言ったのを覚えていてくれたからなのか、クラレスさんの良識が働いたのかはわからないが。身内だけなので、固いコルセットできつく絞めることはせず、軽いワンピースに着替えた。

「すみません、よろしいでしょうか」

　髪を結いかけている時に、別のメイドが部屋にやってきた。

「あら、どうしたの」

「若様から帰宅が遅れると連絡があったと、執事長が申しておりました」

「理由は？　納得できる理由なのでしょうね」

「急な用事が入ったとだけ……申し訳ございません。私も直接聞いたわけではありませんので」

「珍しく帰宅時間を連絡してこられたと思ったらこれですから……これが続くようなら

態度を改めてもらう必要がありますね」

「仕方がないわ」

レオポルドの帰宅が遅くなるという事実に、仕方ないと言いながらも落胆した。

「ごめんなさい。せっかく張り切ってくれたのに」

謝ると三人は首を振った。

「とんでもございません。今夜はこんな結果になりましたが、お世話はこれからも定期的にさせていただきます。継続することに意味がありますから」

「そうです。私どももお嬢様にお仕えできて、やり甲斐を感じております」

「せっかくですから、最後まで支度をして旦那様と奥様に御披露目いたしましょう」

「そうね……」

伯爵夫妻はレオポルドが帰ってこないと聞いた途端、私に申し訳ないと謝った。

食事を終えて食堂を出て玄関の前を通った時、ちょうどレオポルドが帰宅した。

「お……お帰りなさい」

「た、ただいま……」

同じ家に住んでいるのだから会って当たり前なのだが、互いにこのタイミングで会うと思っていなかったので少しまごついた。

「もう夕食は終わったのか？」

「はい。今終わって部屋に戻るところです」

「そうか。残念だ」

「お帰りなさい、若様」

「ただいま」

　執事見習いの青年が慌てて出迎えに現れた。

「何か？」

　青年を見たレオポルドが小首を傾げ、周囲を見渡していたのを不思議に思った。

「いや、いつもならクラレスが出てくるのに、出迎えがトマソンだから」

「申し訳ございません。これからは勉強のためにも、私がお迎えするようにとクラレスさんに命令されました。何か不手際がございましたか？」

　何か失敗したのかと、トマソンが謝った。

「何も不手際はない……クラレスがそんなことを？　何があった？」

　そう言って私の顔を見るレオポルドの純粋に驚いている顔がなんだか面白かった。

「まあ、いろいろ心境の変化、かしら。それはクラレスさんに聞いてください」

　彼女の考えを私が語るのはどうかと思い、私からは何も言わなかった。

「実は心配していたんだ。昼間は少しきつく言い過ぎたから、君に八つ当たりしていないか」

「クラレスさんはそんなことしません」

「わかっている」

「根は悪い人ではありません」

「わかっている」

なんだかレオポルドは嬉しそうだ。

「なぜそんなに嬉しそうなのですか?」

「うん。君に会えたから。クラレスをそんな風に言ってくれたから。ほかにもあるが……」

「あの、若様、お夕食はどうされますか」

玄関でいつまでも立って話している私たちに、遠慮がちにトマソンが声をかけた。

「ああ、着替えたら食べる」

「では、そのように厨房の者に伝えてまいります」

トマソンが頭を下げて立ち去る背中を見てから、レオポルドが私を見た。

「すまなかった」

「はい？　ああ……夕食のことですか？」

一瞬何のことかわからなかったが、帰りが遅くなったことを言っているのだ。

「帰ろうとしたら急に呼び出された。すぐに終わると思って向かったのだが……」

「あなたが帰宅時間を知らせるのは珍しいと、伯爵夫人もクラレスさんもおっしゃっていました」

「母上たちがそんなことを。なら、結果的に宣言したとおりに帰れなかったから、そのことも何か言っていただろう？」

「まあ、何も言わなかったと言えば嘘になりますが……」

親子でも悪く言われたと聞いたら、いい気持ちにはならないだろう。

「それより……気のせいか、今朝と雰囲気が違うな」

一歩下がって私の全身を眺め、レオポルドが言った。

「き、気のせいではないですか？」

レオポルドのために自分を磨いたと知られるのは照れ臭かった。見てもらえないと思った時には気持ちが落ち込んだのに、いざ気づかれると、気づいてくれない方がよかったと思う。

「いいや、気のせいではない」

手が届く場所までレオポルドが近づいた時、ふわりと何かの香りが漂ってきた。

「どうした？　コリーナ」

ムムムと眉間を寄せた私を、訝《いぶか》しげにレオポルドが見る。

「あの……レオポルド……急用で立ち寄ったところって……誰と」

正直に言ってくれるかわからないが聞いてみた。

「どうして？」

私が知りたがった理由を、レオポルドが聞き返す。

「どうして……」

それを知って自分はどうしたいのかわからなかった。なぜかソフィーの顔が頭を過《よぎ》る。

「コリーナ？」

「若様、なぜまだ玄関にいらっしゃるのですか？」

トマソンがまだ玄関先にいる私たちを見て不思議がる。

「トマソン、悪いが夕食はもう少し後にしてくれ。コリーナと話がある。しばらく二人にしてくれ。コリーナこっちへ」

「は、はい……わかりました」

レオポルドは私の手首を掴んで、階段を上がっていく。

「レオポルド……私……」

「階段を踏み外すといけない。暴れないで部屋に着くまで黙っていてくれ」

「……はい」

振り払おうとした手をさらにきつく握られ、落ちては大変だと素直に従った。痛くはないがぎゅっと握り、引っ張っていくレオポルドに抗わずついていった。

そのまままっすぐに、レオポルドは自分の部屋に向かう。

部屋はまだ灯りも点いていなかった。

「ここで待っていてくれ」

私を扉の傍に待たせる。暗くても自分の部屋なので、どこに何があるのか理解している彼は、ごそごそとどこかに立って何やらしていたかと思うと、やがてシュッという音がして蝋燭の灯りが灯った。

ひとつだけでなく、いくつか灯していくのを見守る。部屋の半分が見通せるようになると、レオポルドは私のいる場所に戻ってきた。

「待たせた」

「いえ……」

「こっちへ……」

そのままレオポルドに再び手を引かれ、部屋の中心にある長椅子へと連れていかれた。

「ここに座って」

先に私を座らせてから、レオポルドがすぐ横に腰を下ろす。

「レオポルド……夕食……」

「それは後でいい。さっきの質問……」

「あ、あの……お仕事なら別に……ごめんなさい」

仕事には口を出さないと誓ったことを思い出し、慌てて遮った。

「ただ香水の香りが……」

「香水？」

レオポルドが何かに気づいたのか、自分の上着に目を落として袖の匂いを嗅いだ。

「チッ……あの女」

舌打ちと共にそれだけ言って、即座に上着を床に脱ぎ捨てた。

「これはもう捨てる」

「え……」

「もう二度と着ないし、見たくもない」

さらに足先で入り口の方まで蹴り飛ばした。ボタンだろうか。蹴りあげられてカチャカチャと金属がぶつかる音がした。

「誓って誰とも何もない。仕事で会った女性がいて、別れ際につまずいたのを抱きとめた。匂いはその時についたのだろう」

蹴られた上着の方を見ていた私は、話し出したレオポルドの方を振り返った。

「ソフィー・クローデル……ですか」

「どうして彼女だと？」

「ルディの結婚式に来ていた招待客の方が、あなたと彼女が一緒にいたところを見たと……」

「彼女とは仕事で会っていただけで、けっしてそれ以外の関係ではない。それに二人きりでもなかった」

レオポルドはソフィー・クローデルと会っていたことは認めた。それは彼の言うように、やましいところがないからなのか。それとも、隠しても無駄だと開き直ったのか。

「仕事……」

何でも仕事で片付けられていいのかわからないが、本当に後ろめたいと思っているなら逢瀬を隠そうと画策するのではないだろうか。

「何の目的で会っていたのかは言えないが、誓って彼女とは何もない。年齢が近い男女が一緒にいて誤解したかもしれないが、本当に何もない。信じてほしい」

そこまで言われて、私にそれ以上何が言えるだろう。その言えない事情をソフィーが知っていて、私は知ることができない。蚊帳の外に置かれた気持ちを、無理やり押さえ込んだ。

「わかりました」

顔を上げたら納得していないとばれそうで、重なった二人の手を見つめて答えた。

「私は自分の仕事にも誇りを持っているし、やり甲斐も感じている。だが、そのせいで君を悲しませてしまったと思うと居たたまれない。どうすれば君の気持ちを晴らすことができる？　私に……何ができる？」

重々しいため息がレオポルドから漏れ、下を向いていた私の髪を揺らした。

「彼女とはいつからのお知り合いなのですか？　それも言えませんか？」

「三年……いや、四年前だった。ある人から仕事を介して紹介された。何度か仕事の付き合いでやり取りはしたが、ほとんど手紙だけで会ったのは数回だ。国外にいた間は一度も会っていない」

「彼女とは、本当にそれだけの関係なのですか？」

「もちろんだ。個人的な理由で会ったことはない。今までもこれからも」

それを証明する手立てはない。レオポルドが言うことを信じる。私にはそれしかできない。頭ではわかっているのに、気持ちは晴れない。自分がわがままな女になったようでとても嫌だった。

「夕食……食べないと」

「そんなことはいい。顔を……上げてくれないか」

包んでいた手を私の頬に添えて、上向かせようとする。

「だめ」

きっと私の今の表情は、醜い感情が顕に出ている。

「どうして？」

「多分私は今、とても嫌な顔をしているわ」

「そんなわけがない。教えて、どうすれば笑顔になってくれる？　今日はもう顔も見せてくれないのか？　ずっと君に会いたかったのに」

いつもと違う声の調子に、はっとして顔を上げる。目の前には濡れそぼった犬のようにしゅんとしたレオポルドの顔があった。

そんな顔のレオポルドを初めて見た。

もちろん、レオポルドと会った回数はたかが知れている。知らない顔があっても不思議ではない。

レオポルドだって、私のことを何から何まで知っているわけがない。私の人生なんて単純で、平々凡々もいいところ。人と違うところや、自慢できる特技もない。

でも、いつも自信に満ち溢れている雰囲気の彼から、こんな……子犬（大型犬かな）みたいな一面を見せつけられるとキュンって、さっきとは違う胸の締め付け感があった。

「勝手だとわかっている。すべてを話せないのに信用してほしいなど、無理を言っている」

ここでいつまでも信用できないと言いはっても平行線だ。ソフィーといたことは事実でも、本当にやましければ彼だって知らぬ存ぜぬを貫けばいいのだ。

「私も変なことを言っているのはわかっています。あなたと彼女に何かあると変に勘繰ってしまって……」

「君に非はない。悪いのは全部私だ。信用されなくても仕方がない。でも君に対する気持ちは本当だ」

レオポルドが、手の甲に額を擦《こす》り付け、祈るように言う。

「私たち、お互いに知らないことがたくさんありますね。私も男性とどう接したらいいのかよくわからなくて。世慣れた女性だったら、今回のこともうまく受け流せるのでしょうけど……」

少しでもレオポルドと仲の良さそうな女性の影が見えたら、その度にもやもやする気持ちを抱え、彼が否定してくれるのを期待することになるのかと思うと自分に嫌気がさしてくる。

「受け流す必要はない。少しでも疑いを抱いたなら、何でも言ってほしい。君が納得するまで説明するから」

「でも話せないこともあるのでしょ」

レオポルドがやろうとしている、または関わっている仕事についてこの先も秘密が多くなるなら、同じことの繰り返しだ。

「それでも、私の周りに女の影があると君が少しでも疑いを持ったら、我慢しないで正直に問い質してほしい。何度でも、納得してもらえるまで身の潔白を訴える。私にできるのは、今言えるのはそれだけだ」

レオポルドは真剣な目で訴える、私は頬に触れかけた手をレオポルドの手に重ねた。

大きくて少し関節が硬いレオポルドの手は、とても温かかった。

「お夕食……私のせいで食べ損ねていますね……私がつまらないことを言ったから……」

「つまらなくなんかない！　君のすること、話すことに、つまらないことなんてひとつもない」

ブンブンと首を振り、力強く否定する。

「なんだかレオポルド、いつもと感じが違いますね」

もっと何事も冷静に捉え、余裕を見せていた。私にキスする時も、どこか冷静さを残していたような気がする。なのに今のレオポルドは、何と言うか……なりふり構っていなくて……

「いつもと違うとすれば、君に少しでも疑いを持たれることをしてしまったのに、すべてを君に話せない腹立たしさがあるからかもしれない。そういう君こそ今日はなんだか様子が違う」

そう言って私の頬をさわさわと擦《さす》る。

「えっとどこらへんが?」

「うん……肌触りとか……もちもち感とか……触れた時のしっとり感とか……何かした?」

全部肌に触れた感じの感想だわと思いながら、こくりと頷いた。クラレスさんたちの仕事ぶりの成果がちゃんと出ている。気づかなかったら非難囂々《ひなんごうごう》だったが、レオポルドはちゃんと気づいた。

「それに髪も……なんだかとてもいい香りがする」

大胆に顔を寄せ、髪に顔を埋めた。

「そんなに……違いますか？」

確かにあちこち磨いてもらったが、そこまで変わっただろうか。

「もちろん、前から君は素敵だ。でも、今の君は……なんだかもっと輝いている感じだ」

「だったらそれは、クラレスさんたちのおかげです。いろいろ世話を焼いて、私を磨いてくれたからです」

クラレスさんの名前を聞いて、レオポルドは若干驚いた顔を見せた。

「クラレス？　一体どういう手を使って彼女を味方に引き入れた？」

「味方だなんて、クラレスさんは初めから味方ですよ」

厳しい面もあったが、最初から苛められた覚えもない。

「君のその性格がクラレスに響いたんだろうな。君はとても気持ちが温かい。本当に得がたい人だ」

そう言ってレオポルドが額を擦《こす》り付けてきた。

「私が君に注目するようになった理由を知りたい？」

クラレスさんたちの努力の賜物の艶やかな髪を指に絡めながら、レオポルドが私に問いかけた。

トレイシーとルーファスの結婚が知り合ったきっかけだったが、挨拶以上の会話をしたのは式に遅れてきた彼とぶつかった時だった。

あの時も二言三言言葉を交わしただけで、披露宴で私たちはダンスすらしていない。

「今でも私たちは互いのことを何でも知ってはいない。しかし、付き合いの長さだけですべてが決まるわけではない。その証拠に、ソフィー・クローデルとは数年来の知り合いだが、恋愛感情など持ったこともない。これからも持つことはない」

「あんなに綺麗なのに？」

「まあ、女優をしているくらいだから」

少し考えてからレオポルドが言った。

「だが、見た目の美しさはいつか影を潜める。そうなった時、内から滲み出る性質がその後の人生を左右すると思う」

「それは年齢を重ねると……ということですか？」

「それもある。私だって皺もできるし、将来は髪も減り、体型だって変わってくるかもしれない」

今より髪が薄くなったり、太ったりしたレオポルドを想像しようとしたが、うまくいかなかった。皺ができ、髪が白くなっても、レオポルドはずっとレオポルドじゃないかと思う。

「人はいつまでも同じではいられない。姿かたちもそうだが、気持ちだって変わる。私が君に心を動かされたように……」

「レオポルドが私に？　いつ？」

婚約を望み、こうしてすぐ近くで触れ合うのだから、好意は持ってくれているとは思う。でも私の知らないところでレオポルドを惹き付けるような何かがあったのだろうか。

「私は顔も平凡で……集団の中にいても埋もれてしまうような」

「コリーナ」

レオポルドが私を意識した原因がわからず、数少ないレオポルドと関わった過去の出来事を思い出していると、彼が私の言葉を遮った。

「自分が平凡だなんて言うな」

どこにそんな魅力を感じてくれたのか。顔を下に向けてちらりと自分の胸元を見下ろす。童顔で幼く見えるが、まあ胸は豊満と言わないまでも、体を揺らして弾むくらいはある。

「大きさは関係ない。いや、抱き心地がいいに越したことはないが……体に惹かれたのではない」

私が何を想像したのか察したレオポルドが、軽く否定した。

「そういえば、お夕食どうされますか？」

レオポルドは夕食も食べ損ねたままだ。気がつけばあれから一時間経っていた。

「言われてみれば……」

夕食には遅い時間だが、意外に大食漢のレオポルドが食べないままでいるのは体に良くない。

「今からでも何か食べますか？」

私なら太るだろうが、なぜか彼ならこんな時間に食べても太らないだろうと確信していた。

「そうだな……」

そう言いながら、レオポルドはじっと私を見つめる。

「こんな話を知っているか？」

レオポルドがまた私を引き寄せて、耳元に口を近づけた。

「男と女は、空腹か満腹かで欲求の度合いが違うそうだ」

「え？　……よ、欲求……って？」

どきりとして尋ねた。

「男は、空腹だと欲求が増し、女は満腹だとそうなるらしい」

何の欲求なのか聞かなくてもわかった。

「えっと……つまり？」

「つまり、空腹の状態の私と夕食を食べたばかりの君は、互いにそういう状況だということだ」

耳に息が吹きかけられ、会話の内容が内容なだけに狼狽《うろた》えた。

「ど、どうして……そんな話……」

「どうしてだと思う？」

逆に聞き返され、さらにパニックになった。

空腹のせいで、レオポルドはその気になったということなのだろうか。

「ダメか？」

「だ、ダメかと言われたら……ひゃっ！」

熱い舌がベロリと耳を舐めて、私はその場で飛び上がった。

「レ……レオポルド……」

舐めながら耳朶や耳全体にかぶり付かれて、私の背中をもぞもぞした快感が走り抜けた。

「ここが弱いのか」

いつの間にかレオポルドに抱え込まれ、腕の中で私はこくりと頷いた。

熱い吐息と共に囁《ささや》かれ、抵抗しようと彼の肩に置いた手も力が入らない。

そこから頬を通り唇が重なった。レオポルドとのキスは初めてじゃない。

でも、ソフィー・クローデルのことを必死で否定する彼の姿を見たからか、感覚がいつもと違う。

血の繋がった家族とは違う。生まれも育ちも異なった環境にいて、一生縁がなかったかもしれない人と、今こうして触れ合ってキスをしている。

別にもったいぶって誰とも付き合わなかったわけじゃない。積極的に探さなかったのもあるけれど夢中で生きているうちに、こんな歳になっていた。

「君を大事にする。でも、私もまだまだ未熟者だから、君を不安にさせてしまうこともあるかもしれない」

今日みたいなことを言っているのだろう。

「もし、私が知らずに君を不安にさせたり悲しませたりしたら、泣くのではなく怒ってくれ。君に泣かれるのは……かなり辛い」

叱ることはできるが、怒れと言われてもはたしてできるだろうか。

「私……気持ちが昂《たかぶ》ると先に涙が出ちゃうんです」

「知っている」

「この前もルディの結婚式で、結局泣いちゃうし……」

「そんな君が……とても愛おしい」

まるで壊れやすいものを抱え込むように、レオポルドが私を抱きしめる。

「明日も出かけるから……今夜はここまでだな」

私の髪を掻き上げて、首筋に唇を押しつけてからレオポルドが言った。

「そう……ですね」

ほっとした中に残念な気持ちが湧き上がり、自分でも驚く。

「部屋まで送ろう」

「え、大丈夫よ。家の中だし……」

立ち上がって手を差し伸べられたが、屋敷の中で何かあるわけではない。

「ギリギリまで君といたいんだ」

大型犬がまたもや顔を出してきて、私は再び胸がキュンとなった。

翌日、伯爵もレオポルドも出かけ、夫人は友人と買い物に出かけていた。

夕方になって夫人が帰宅したのを玄関で出迎えると、なぜかユーリア様はとても興奮していた。

「今日街ですごいことがありましたのよ」

「すごいこととは？」

「お友達とドレスを見ていたら、そこに何と女優のソフィー・クローデルも来て私たちに声をかけてきたの」

「……え？」

その名を聞いて一瞬顔が強張った。ユーリア様は興奮して私の反応に気づかず話を続ける。

「ちょうど友人と彼女のお芝居の話をしていた会話が聞こえたらしくてね」

「まあ、すごいですね」

「そうなの。それで、しばらく一緒におしゃべりをして、なかなか入れない会員制のサロンを紹介していただいたの」

偶然だろうか。

彼女はユーリア様がレオポルドの母親だと気づいて声をかけてきたのではないか。そんな疑問が湧いたが、確信はなかった。

「それでね、コリーナさん。明日そのサロンで音楽会が開かれるそうなの。ジーナさんも誘ってそのサロンに一緒に行きませんか？」

「え、明日ですか？」

黙って話を聞いていた私は、不意の話に驚いた。

ユーリア様によれば、有名なピアニストとバイオリニストとオペラ歌手が来るのに、予定していたお客様に欠員が出たらしい。

「お食事をいただきながら、彼らの演奏が聞けるそうよ。もちろん、費用はかかるけど、いくらお金を積んでも聞くことができない演奏会らしいわ」

「今日一緒にいらしたお友達は行かれないのですか」

「彼女、明日は先約があるそうなの。とても残念がっていたわ。帰りにペトリ家に寄ってきたら、ジーナさんも行きたいのはやまやまだけど、そういう場は気が引けて行きづらいらしくて。あなたが一緒ならっておっしゃっているの」

「それは私次第ということですか？」

そう言われて、行かないとは言えない。二人がとても残念がるのは目に見えている。

夕食の席で夫人はサロンのことを話し、レオポルドはそれを黙って聞いていた。

夕食後、私はレオポルドに自分の考えを話した。

「彼女もレオポルドの名前を出さなかったようなので、私からは何も言いませんでした」

「君の判断は間違っていない」

そう言われて自分の対応が正しかったことにほっとする。

「隠すつもりはないが、なぜ黙っていたのかと責められそうだ」

「では、私も黙っていることにします」

私がそう言うと、レオポルドもそれがいいと頷いた。

「せっかくだ。紹介してくれた相手は関係なく、演奏会を楽しんでくればいい。聞いた演奏者は一流だし、そんな豪華な顔ぶれでの演奏を聞けるなど、国王陛下でも難しいだろう」

「そうします。お話を聞いてくれてありがとう」

「これくらい何でもない。いずれにしても、彼女との付き合いもすぐに終わる」

「終わる?」

「彼女と関わる仕事はもうしない。これまで担っていた仕事は、ほかの者に託すと、今日決めてきた」

「それでレオポルドは困らないのですか？　仕事がやりにくくなるのでは……」

「もともと正規の仕事と別にやっていたことだ。完全に手を引くことはできないが、もう一線からは退こうと思う。君の傍にできるだけいるためにも、そう決めた」

「……え」

私の傍にいるために、レオポルドはこれまでの生活を変えようとしているのか。

「君が責任を感じることじゃない」

私の考えを読み、私が何か言う前に言った。

「何日も家に帰れず、帰る時間も不規則だ。妻を娶《めと》ろうというのに、いくら君が寛大でも、それではいつか愛想をつかされることになりかねない」

「私はそんなことで文句は……」

「わかっている。でも、私が嫌なんだ。すぐにというわけにはいかないが、式までには終わる予定だ」

彼の中ではもう決定事項のようだ。具体的にはわからないが、彼は私との未来のために自分のこれまでの生活を変えようとしてくれている。

「私のために、レオポルドが何かを諦めたりしてほしいわけではないわ。今でも十分幸せよ」

「わかっている。何度も言うが、君が責任を感じることなどひとつもない。仕事をすべて捨てるのではない。やり方を変えるだけだ」

膝の上に置いた私の手をレオポルドが優しく撫でて、私の気持ちを和らげようとしてくれた。

「本当に、無理はしていないのですね。レオポルドが望んで行動に移した。そういうことですね」

「コリーナはもっと欲を出せ。私の姉妹なら、夫にもっと自分を大事にしろと要求するところだ」

私が遠慮しているのを見て、レオポルドが姉妹たちを引き合いに出した。そういう意見の人がいるのはわかっている。でも誰かと結婚することで、どちらかあるいは互いが我慢したり何かを諦めたりすれば、必ず綻びが生まれる。

「君との時間を大切にしたい。これは私のわがままで、君が負担に感じることではない。それとも余計なことだったたか」

「いいえ。レオポルドがそこまで考えてくれていたと知って、とても嬉しいです」

私の手を撫でていた大きくて温かいレオポルドの手を握り返し、指を絡めて彼を自分のものだと言うように繋ぎ止めた。

私の気持ちを察したのか、レオポルドも手に力を込めた。

「コリーナ」

レオポルドが私の目の前に膝をついた。

「好きなのはコリーナだけだ」

並みいる美女……この場合はソフィー・クローデルだが……を押し退けて誰かにそう言われる日がくるとは思わなかった。

ほかの人の口から聞いたらその場の勢いで都合のいいことを、と言ってしまいそうだが、レオポルドはそんなタイプには見えない。

「レオポルド……私を見つけてくれてありがとう」

「私こそ、私を信じていてくれてありがとう」

レオポルドが膝をついたまま身を寄せてきて、どちらからというわけでもなく、引き寄せられるように唇が重なった。

「ん……」

目を瞑《つぶ》ると、痺れるような快感が全身を駆け抜ける。

漏れた声の隙間から、レオポルドの厚い舌が滑り込んできた。

唇を重ねたまま、私が座っている長椅子の座面に両手をついてさらに彼が身を寄せ、私は彼の胸板に押されて体を背もたれに押しつけられた。

レオポルドの舌先が歯の裏から上顎をなぞり、私の舌に絡みつく。ジュッという音と共に口の中に溜まった唾液を吸い上げて、レオポルドが唇を離した。

唇が離れた瞬間、二人同時に胸から息をすべて吐き出すような、深い吐息を漏らした。

「……」

無言のまま、私はレオポルドの首に腕を回した。

「……」

レオポルドも黙ったまま、私の背中と膝に腕を回して抱き上げ歩き出した。

歩きながら再び唇を重ね合わせ、そのまま寝台へと下ろされた。

私を仰向けにすると、レオポルドが私のスカートの裾から中に手を差し込んできた。

ふくらはぎから膝裏、太ももへとレオポルドの両手がゆっくりと両足を同時に上り、再び膝まで戻るとその手で両膝を思い切り割って開脚させられた。

その間にすかさずレオポルドが体を押し込む。

自分の体を使って私の両足を押し開くと、手を脇の下について、そこで唇が離れた。

「拒むなら……今のうちだぞ」

いつもより一段低くなった熱っぽい声でレオポルドが私に囁《ささや》いた。何の前触れもなしに始まった今の行為を止める権利を、私に委ねようとしている。

「今ならまだ、何とか理性が働いている。嫌だと言えば……」

返事をする代わりに私はレオポルドの顔に手を伸ばし、眼鏡に手をかけて外した。

「コリーナ？」

眼鏡がなくて見えにくいのか、レオポルドは目を細めて私の手の中の眼鏡と私の顔を交互に見た。

「眼鏡……なかったら不便？」

「そこまで視力は悪くはない。少し物の輪郭がぼやける程度だ。それに眼鏡にしておくと視線を逸らせやすいから」

「じゃあ……今は……」

「ちゃんと見えている。だから心配しなくていい」

私から眼鏡を受け取ってサイドテーブルに置いた。

「さっきの問いの答えは……大丈夫だということか」

「……始めたことを後悔しているの？」

私に嫌な思いをさせたくないという彼の気遣いはわかるが、彼こそここで引き返したいと思っているのだろうか。

「やめたいのは……レオポルドの方？」

「いいや」

ぐっと脚の間にある自分の体を押しつけて、今度はレオポルドが私の言葉を遮った。

「好きだ、コリーナ。これほど誰かに惹かれたことはない。今でも……これは私の妄想なのではないかと思う」

「妄想でも夢でもないわ」

彼の頬に両手を伸ばして触れる。

「私はここにいる。教えて。次はどうすればいい？」

「ただ教えてくれればいい。どこが気持ちいいのか、どう感じたか。私も君もまだ互いに知ることがたくさんあるんだから」


寝台が揺れて浅い眠りから覚めた。

「すまない、起こしたか？」

まだ薄暗い中で、レオポルドの声が聞こえて驚いた。

「レオ……」

一瞬なぜ彼がここにと考えて、お互いに裸であると気づいた。いつの間にか眠っていたみたいだ。

「起きていたの？」

「さっき目が覚めたところだ」

目が覚めたレオポルドが体を動かし、その振動が伝わったようだ。

「寝付きはいいみたいだな。またひとつ、君のことについて知った」

「人肌が……気持ち良くて」

片肘をついて私の方を向いていたレオポルドが、優しい笑みを向けた。

「私もだ」

反対側の手を伸ばし、レオポルドは私を抱きしめて言った。

「レオ……」

「一度に無理をしたら、君の体がもたないな」

「すみません……」

途中で体力が尽きて眠りに落ちた。男女の交わりに体力がいるなんて、思ってもいなかった。

「君はどんなことでも謝るのだな。怒っていないのに……これからいく晩も共に過ごす機会はあるんだから、慌てることはない」

レオポルドの指先が私の頬から顎、首筋から肩、そして鎖骨へと這う。

彼に触れられると肌がざわりと粟立つような快感が走り、自分の体がどんどん変わっていくのを感じる。

最初は恥ずかしくて身を固くしていた私も、優しく触れられていくうちに体の中心から何かが込み上げてきて、まるで体の中の風船が膨らんで破裂するみたいな感覚を何度も味わった。

「どこか辛いところはないか？」

体いっぱいに張り詰めた風船が破裂すると、しばらく放心状態になり、何度もこのまま死んでしまうのではないかと思った。

「ちょっと筋肉痛になった感じ……」

「ここは大丈夫か？」

シーツの中でレオポルドの手が動き、彼を受け入れた場所に触れる。

「あ、やだ……そこは……」

ピクリと体が反応する。昨夜も何度も彼にそこを触られ、頭の芯までとろけそうになった。今も意識したわけでもないのに、一瞬で体の奥から蜜が溢れてきた。

「反応が早いな……もう濡れてきた」

「やだ……言わないで……わざとじゃ……」

したくてそうなったわけではないと、言い訳めいたことを言う。

「気にすることはない。ちゃんと気持ち良くなっている証拠だから……ほら」

私の手を取り、レオポルドが硬くなった自分のものを握らせる。

硬くて……そして火傷しそうなほどに熱い。硬く張り詰めた彼のものは、それ自身が生き物であるかのように脈打ち、形を変える。これが本当に自分の中に入ったのだろうか。

「レオポルドこそ……平気？」

両手で彼のものを包み込みながら、彼の表情を窺う。

「辛くないかという意味で言っているなら、大丈夫だ。むしろ生気が漲《みなぎ》っている感じだ」

私の婚約者は、こんなに甘い声で囁《ささや》く人だったのか。二人だけしかいない部屋で、誰がいるわけでもないのに声を潜め、互いにだけ聞こえる声量で話し合う。目の前には情事の後が色濃く残る風情を醸し出し私を求める男性がいて、互いのデリケートな部分を触れ合っている。

「私……ちゃんとできていました？」

昨夜は無我夢中だった。

レオポルドは巧みに私の快感を引き出し、私はそれに溺れ、自分のことに必死で彼が満足してくれたのか考える余裕すらなかった。

「何をもって『ちゃんと』と言うかだが、私は満足だ。相手がコリーナというだけでね」

「あ……」

股間に触れていた指が中に差し込まれて、思わず喘ぎ声を漏らした。同時に私の手の中のレオポルドの一部がまた質量を増した。

「それより、ほかに言うことはないか」

「え……ほ、ほかに？　……あ」

「いや……ないならいい」

レオポルドの言葉の意味を考える間もなく、夜が明けるまでの僅《わず》かな時間に、私はもう一度レオポルドに抱かれた。

第五章

三人で招待を受けたサロンは、高級な住宅街が建ち並ぶ一角にあった。

元はどこかの貴族の別宅として使われていたのかもしれない。

広い前庭には、すでに十台近い馬車が止まっていた。

「いらっしゃいませ」

馬車を降りると、従業員の若い男性が私たちを出迎えた。

「お名前をお伺いしてもよろしいでしょうか」

「スタエレンスよ」

「承っております。ようこそ、『ドレイル』にお越しくださいました。ザカリー」

夫人が名を告げると、彼は持っていた紙を確認して、別の従業員を呼んだ。

「この者がお席までご案内いたします。どうぞごゆっくりお楽しみください」

「ありがとう」

夫人を筆頭に、私、ジーナさんの順でザカリーと呼ばれた青年の後について中に入った。

「なんだか緊張するわ。何もかも本格的ね」

「そうですね」

高級な雰囲気に、ジーナさんは圧倒されている。私も同じように慣れない空気に緊張する。

「こちらへどうぞ」

ホールを抜けた先の広い大広間には、中央の一段高くなった場所にグランドピアノと楽譜立てが置かれ、それを囲むように丸テーブルが二十ほどと椅子が各テーブルにいくつか配置されている。すでに半分ほどの席に人が座っている。椅子の数がバラバラなのは、テーブルごとに座る人数が違うからだろう。

私たちが案内されたところには椅子が三脚置かれていた。つまりは私たちだけ。ソフィー・クローデルが今日来るかどうかはわからないが、来たとしても同じテーブルではなさそう。

それがわかって、心のどこかでほっとする。

普通なら、有名な女優とお近づきになれるのは喜ぶことなのだろう。でも、彼女との関係でレオポルドを疑うことになり、できればあまり会いたくないと思ってしまった。

「あら、あれはソフィーさんじゃないかしら」

私たちがテーブルに案内されたのとほぼ同時刻に、部屋へ入ってきたソフィーをジーナさんが見つけた。

「あら本当ね。でも、私たちのところにはなかなか来られないのではないかしら。あんなに大勢の人に囲まれていては、ここへ来るまでに演奏会が始まってしまうわ」

「そうですね」

彼女が現れると次から次へと人が彼女を取り囲み、すっかり見えなくなってしまった。今日の催しに誘ってくれたのは彼女だ。お礼を言うのが礼儀だとわかっているが、なぜか彼女と会うのも話をするのも気まずい。

このまま演奏会が始まって、最後まで彼女がこちらに来なければいいのに。けれど私の願いも虚しく、ソフィーはほかの人々を振り切って私たちのところへ向かってきた。

「こんばんは、スタエレンス夫人」

「こんばんは、クローデルさん。今日はお誘いいただき、ありがとうございました」

「私の方こそ急なお誘いだったのに、来ていただけて嬉しいですわ」

彼女は優雅な仕草で微笑み、夫人と挨拶を交わすと、私とジーナさんの方を見た。

「改めて紹介しますわ。こちらが私の息子の婚約者のコリーナさんと、そのお義母様のジーナさんよ」

「こんばんは」

「こんばんは、お会いできて嬉しいわ」

「私もですわ。ジーナ様、コリーナ様。本当にお綺麗な方ですね。ご令息もさぞお嬢様を大切にされていらっしゃるのでしょう」

「そうなの。これまで結婚に興味がなかったのに、急に結婚したい相手がいると言って驚きました。私たち親も驚くほど息子の方が乗り気で、今までにはなかったことですわ」

　夫人が私とレオポルドのことを喜んでくれるのは嬉しいが、それを聞いてソフィーがどう思っているのか、表情を見てもわからない。

「何でもそつなくこなすから頼りにはなるし、何事も動じないところが頼もしかったけれど、親としてはもう少し頼ってほしいと思っておりました」

　確かにレオポルドは周りから頼りにされてきたのだろう。自分でも人より何でも早くうまくできたと言っていた。

「レオポルドは素敵な人ですよ。私にはもったいないくらい」

「ふふ……自分を過小評価しすぎよ。あなたは誰もできなかったことをしたの。あの子が誰か特定の女性を溺愛する日がくるとは思わなかったわ。コリーナさんといる息子は、とても雰囲気が柔らかくなって、肩の力が抜けたように感じるもの」

「そ、そうでしょうか……」

だとしたら嬉しい。

自分が誰かの価値観を変えられるような、大それた人物だとは思わない。そんな特別な才能なんてない。でも、私と出会ってレオポルドがこれまで誰にも見せなかった一面を見せて、そのことで周りにいる人が彼をもっと好きになってくれたら、こんな嬉しいことはない。彼を異性として意識する人が増えては困るが、それも彼が魅力的すぎるからだ。そう思うと無性にレオポルドを愛しく感じた。

「あらごめんなさい。私ったら一人でべらべらと」

一人でしゃべりすぎたことに気づいた夫人が、恥ずかしそうに言った。

「いいえ。お幸せそうで何よりです。私はほかの方とご一緒しますので、これで失礼いたします」

一礼して、彼女は別の場所へと移動した。

演奏が行われる中央に体が向くように扇状に椅子が置かれていて、右端がジーナさん、その左が私、私の左に夫人が座った。

「それはそうと……私の贈り物は役に立った？」

不意にジーナさんが下着についてそっと尋ねてきた。

「あ、あれ……驚きました」

「お礼の手紙はいただいたけれど、ちょっと大胆すぎたかしらね」

「まだ着ていなくて……」

「気にしなくていいわ。コリーナさんが着るのは勇気がいるでしょうね。それでもあれを見て、レオポルドさんとのことを意識してくれたらいいなと思ったの」

ジーナさんの目的は十分果たされたと言える。

「貴族の方って、そういう気持ちを表に出さないことが多いでしょ。エリオットも、女性から求めるのははしたないという考えがあって。でも好きな人とひとつになるって、体の関係から心が繋がることだと思うの。体が気持ちよくなったら気持ちも良くなる」

ジーナさんの言葉は私に衝撃を与えた。まさに昨夜の私がそうだったから。レオポルドと体をひとつにし、自分の体の奥に彼を受け入れた時、深い信頼と愛情が込み上げた。

「わかります。ジーナさんの言いたいこと……」

「え、そう？　わかってくれた？　え、わか……え？」

私がジーナさんの言葉に共感を得たことを伝えると、それがどういう意味かわかってジーナさんは目をしばたたいた。

「今度……話します」

隣に夫人もいるし、中央にピアニストたちが登場し始めてそろそろ演奏がスタートしそうだ。

「ぜひ聞かせてね」

「はい」

ジーナさんなら、私とレオポルドの間に起こったことを話しても咎《とが》めることなく聞いてくれるだろう。ジーナさんは父の奥さんで、新しい家族として接するが、やはり実の母の代わりにはならない。でも年上の気の置けない相手として、彼女を信頼している。何より生まれた時から知る父やトレイシーたちに、男女の体の関係について話すのは躊躇《ためら》われる。その点、ジーナさんは私にとってちょうどいい存在だった。

演奏はとても素晴らしかった。ピアノとバイオリンの合奏にそれぞれの独奏、それからオペラ歌手の歌声が交じり、瞬く間に終わった。

演奏が終わると割れんばかりの拍手が会場に響き渡り、二曲のアンコールの後で音楽会は終了した。

「本当に素晴らしかったわ」

非現実的な空間に酔いしれて、私はため息を吐いた。

「あの、私は化粧室へ……」

演奏会が無事に終わり、そろそろ帰りましょうと夫人が言った。

「では、私たちは先に馬車で待っていますね」

「はい、すぐに戻ってきます」

二人と別れ、サロンの従業員に場所を訊ねて化粧室へ向かった。


陽だまりの中で私とトレイシー、ルディと父と母で仲良くお茶を飲んでいる。

ルディは学園が休みに入り、一時帰宅している。久しぶりの家族団欒《だんらん》。私たちが楽しそうに話しているのを父たちが優しく眺め、時折夫婦二人で見つめあう。

父がいて母がいて、私たちがいる。当たり前の光景。

でも何か違和感があって、ふと周囲を見渡した。

「どうしたの？」

私の様子を見て母が尋ねた。

「何か悩み事？」

優しく問う母の顔を見て、私は少し考える。

「えっと……何か……忘れているような」

「何を忘れているの？」

訊ねられてさらに考え込む。

「なんだっけ……」

答えを考えてはっとする。

母が亡くなったのは私が十八歳の時。トレイシーが十三歳、ルディは十一歳だった。

それなのに、二十八になった私の横で母が微笑んでいる。

これは夢だ。そう悟った瞬間、風景がぼやける。

誰かに呼ばれた気がして覚醒した途端、自分が身動きできないことに気がついた。

「……え？」

後ろ手に手首を縛られ右足にはロープがかけられ、その先は私が横たわる寝台の脚に繋がっている。

必死に身を捩って起き上がろうとして、目眩《めまい》と胸から込み上げる吐き気に見舞われた。

なぜここにいるのか、くらくらする頭で考えて思い出す。

――演奏会のあったサロンで化粧室を探していた。

「あら、こっちだったと思ったけど……」

言われて開けた扉の奥は、荷物が積み上げられた倉庫のようなところだった。

「間違えたかしら」

開ける扉を間違えたと思ったが、辺りに扉はひとつしかなかった。

「もう一度戻ろう」

方向転換し、今開けた扉から出ようとした。

「!!」

突然背後から羽交い締めにされ、そこで記憶が途絶えた。

何かを嗅がされたことも思い出した。私は誰かに攫《さら》われた。それしか考えられない。

ここがどこなのか薄暗くてはっきり見えない。一体誰がこんなことを?

「寒い……」

夏前だというのに、この部屋はとても寒かった。

なぜか服を脱がされ、下着だけになっている。

その時、遠くで扉が開く音と固い靴音が聞こえてきた。

足音はどうやら一人分ではないみたいだ。

「こちらです」

部屋の前で足音が止まり、誰か男性の声がした。

「鍵は？」

今度は女性の声がした。

「拘束しているので不要かと」

扉越しだからはっきり断言できないが、どこかで聞いたことがある声だった。

「まあいいわ。開けて」

「まさか……」

「あなたは外で待っていなさい」

灯りを手に持ち、中に入ってきたのはソフィー・クローデルだった。

入り口近くのテーブルにカンテラを置いて彼女は私を見た。

「またお目にかかりましたわね」

彼女はそう言って微笑んだ。美しすぎるゆえに、灯りに照らされた顔が恐ろしく見える。

「どうして……」

「どうして？　それはこちらの台詞だわ。あなた目障りなのよ！」

ソフィーが言った。

「目障り？」

「いきなりレオポルドの婚約者だと言って現れてうろちょろと……人が狙った獲物を横から攫《さら》う泥棒猫。薄汚いネズミみたいな女」

私を見下ろす彼女の目には、これまで見たこともむけられたこともない憎悪……怨嗟《えんさ》とも言える感情が宿っていた。

「四年……私が彼と出会ってから四年よ。私が彼の役に立つために、どんなに努力してきたか。吐き気がする男どもに媚を売り、情報を集め、彼と国に尽くしてきたのに、何の努力も苦労もしていない、馬鹿な嫁《い》き遅れの童顔女が突然現れて婚約者？」

彼女はレオポルドと婚約した私に恨みを抱いていると告白した。つかつかと寝台に近づき、私の顎をグイッと掴んだ。

「……っ！」

痛いと言おうとしたが、口元を掴まれてうめき声しか出せなかった。

「私と彼は信頼関係を築いてきた。これまでだって彼の周囲には女がいたけど、誰も彼を振り向かせられなかった。私が、私が身分さえ取り戻せたら……彼だって……」

彼女の瞳で私に対する憎悪が爛々《らんらん》と燃えていた。

「欲しいものはいつだって手に入れてきたわ。それなのにあなたは大した身分もなく取り柄もないくせに、レオポルドの婚約者に収まった」

「……‼」

私の顎にかけた手に力がこもる。私は痛みに顔を歪めてうめいた。

「あなたさえ消えれば、彼も考えを改めるはず。ただの令嬢では自分の相手は務まらないと。そうして私の存在がどれほど貴重だったか気づくわ。自分の隣に立つに相応《ふさわ》しい者が誰かと」

「わ、私を……どうするの」

生まれて初めて味わう恐怖に、声が震える。

「ただ殺したら、それで終わりでしょ。そんな楽な殺し方は面白くないし、それだとあの人の心の中であなたがいつまでも残ってしまうわ。必要なのは、あなたがろくでもない女だったと思わせること。彼の中であなたが最低の女にならないと、私がいい女だと思えないでしょ」

憎しみから一転、彼女の目には蔑《さげす》みの感情が浮かぶ。彼女の頭の中には、私を貶めるための計画が出来上がっているようだ。

「痛い！」

髪を引っ張られ悲鳴を上げた。

「何を……」

「あなたが社交界で顔を知られていないおかげで、世間はほとんどあなたを知らない。あなたが実はどんな女だったかいくらでも噂は流せるし、悪女の方が品行方正なご令嬢よりずっと面白いでしょ」

私についての悪評を流す準備もできている。

「わ、私の家族が、あなたの流す噂を信じるわけがないわ」

このままここで命を奪われても、彼女の言う展開になるはずがない。私とまるで真逆の悪評を世間が信じても、私の家族は騙されない。

「あなたの家族がどれだけ反論しようとも、それを上回る証言をいくらでも用意して差しあげるわ。要はレオポルドが信じればいいだけ。私には多くの支持者がいる。私のためなら過激なことや世間を混乱させるために嘘の噂を流してくれる人間は、たくさんいるのよ」

まるで下手な三文芝居の脚本を聞いているようだ。

「そんな話、誰が信じるというの。荒唐《こうとう》無稽《むけい》すぎる。誰も信じない。レオポルドも」

「信じないのではなく、信じさせるの」

彼女は私の反論を一笑に付す。

「あれを持ってきて」

彼女が扉の外に向かって声をかけると、さっきの男が入ってきた。

手には煙を上げた香炉を携え、口を布で覆っている。

男が近寄るのと反対に、ソフィーが後ろに下がる。

「殺すには惜しい気もするが……」

「や……」

香炉を近くに置く際に男は私の胸を掴み、腰からお尻を撫で下ろした。

「怖いのは最初のうち。それは誘淫効果が絶大な香なの。すぐに理性なんてどこかへ消えて、ただ快楽だけを追い求めるようになるわ」

巻き込まれないように彼女はそう言い残して立ち去った。

後に残されたのは私と香炉を運んできた男だけ。

怪しげな煙がゆっくりと香炉から立ち上り、やがて部屋中に広がっていく。

「こ、来ないで」

あの煙を吸えば、大変なことになるのはわかる。

「抵抗しない方がいい。抵抗されると男は余計にその気になるもんだ」

それを聞いて私は身を固くした。そんなことを言われると何もできなくなる。

「縛られたままではやりにくいだろう」

男が私の手を縛っていた縄を切った。

私の縄を切ったのは、女だから何もできないと判断したからだろう。切る際に体を撫でるのを忘れなかった。

ぞわりと悪寒が走り、涙が込み上げるのをぐっと堪えた。

「深窓のご令嬢は肌触りがやっぱり違うな……すべすべしてやがる」

「いや……」

男の手が前に回り、胸を鷲掴みして揉みだした。

私の抵抗など意に介さず、男は息を荒くしてレースのブラの上から乳首をつまんだ。

「や！」

全身に鳥肌が立つ。

「もう煙が効いてきたのか。ほら、気持ちいいだろう」

私の反応を別のものと男は勘違いする。それを聞いて自分がどうすべきか閃《ひらめ》いた。

「こんなの初めて」

身をくねらせ、精一杯の流し目を男に向けた。

「へ、へへへ。そうこなくっちゃな」

ペロリと舌先で唇を舐め、男が両手の指先を曲げたり伸ばしたりして私の全身を眺める。

「足が痛いの……これじゃあ楽しめない」

男に向け、すっと足を伸ばした。

これで合っているのか、男を誘惑したことがないからわからない。

「し、しかし……」

「ねえ、お願い、私も楽しみたいわ」

今度は上目遣いに見る。童顔の私に女の色気が出せているか不安だったが、男の股間が膨れ上がっているのがチラリと見え、嫌悪を顔に出さないようにするのが精一杯だった。

「ねえ……」

試しに身を揺すってみた。少し胸が弾み、男の視線がそこに注がれたのがわかった。

「へへ……しっかり相手してくれよ」

男にも香の影響が出ているのだろう。私の体温も上がってきている。理性を失う前に何とかしなければと気持ちが焦るが、慌てているのを悟られるわけにはいかない。

するりと男が縄を解いてくれた。解きながらべろりと男のざらついた舌が私の膝下を舐める。

「ありがとう。優しいのね」

足も自由になり、男の正面に向き直ってその腕を撫で上げた。

「よ、よく言われるよ」

だらしなく鼻の下を伸ばし、男はいそいそと服を脱ぎだした。

男が上着を脱ぐために裾を掴み上に持ち上げ顔が見えなくなった瞬間、私は思い切り男の股間を殴りつけた。

「グエッ」

さらに視界に入った香炉を掴み、男の頭頂部目掛けて振り下ろした。

「てめえ」

ガツンという鈍い音がしたが、一撃で男を倒すことはできなかった。よろめいて頭を手で押さえた男が近づいた瞬間、今度は男の斜め上から側頭部目掛けて叩きつけた。

ガツン！

さっきより大きな音がして、男が目を剥いてどさりと倒れた。

人を殺したかもしれない。

恐怖で奮え、慌ててガシャンと香炉を床に放り投げる。シーツを剥がして香炉を包んだ。煙を吸い込んだため少しくらくらするが、何とか立ち上がった。

男の体からシャツを剥がし、それを被る。清潔とは言えないが、下着のままでいるよりはましだ。

男の手が肌を這った感触が残り気持ち悪いが、今はここを出ることが先だ。

倒れた男の上を跨ぎ、廊下に出て、しんとした廊下を歩き出した。

廊下を一歩一歩進む。裸足なので床の冷たさが直接伝わるが足音を気にしなくていいのが救いだ。

「ここは地下みたい」

上に向かう階段を見つけ、見上げた。どうりで寒かったはずだ。

階段を上った先に灯りを差し向けると、扉が見えた。

扉は閉ざされていて、外の様子は判断できない。

幸いなことに鍵はかかっておらず、少し扉を開けて外の様子を窺ったその時、大声で叫びながらこちらへ走ってくる足音が聞こえた。

「た、大変だ！　敵襲だ」

それを聞いて勢いよくどこかの扉が開いた音がした。

「なんだって！　おい、お前ら全員出てこい！」

「おお」

別の男の檄に、大勢の男たちが応える声が聞こえた。激しい足音と共に走っていく。

「おい、お前はエファンを呼んでこい、まだ地下室にいるはずだ」

地下室という言葉が聞こえ、誰かがこちらへ走ってくる。

エファンというのは、もしかしたらさっきの男かもしれない。

私は外開きの扉の陰で身構えた。

「おい、エファン、侵入者だ、お前」

扉が開いて、男が大声でエファンという男に呼び掛けかけたところを見つかった。

「お前、ソフィーが捕まえてきた……エファンはどうした」

「きゃ！」

扉から引きずり出され床に膝をついた。

「まったく、エファンのやつめ、女一人手込めにもできないのか。くじでいい役をもらったと喜んでいたのに」

地下室を見下ろし、男が忌々しく呟いた。

誰が私の相手をするのか、彼らはくじで決めたようだ。

その時廊下の向こうから、大勢の足音が聞こえてきた。

男たちの味方なら私は圧倒的不利になる。敵なら……願わくばこちらの味方であってほしい。

「コリーナ！」

願望からの幻聴か、足音と共にレオポルドの声がした。

「レ……」

叫ぼうとして冷たく硬い何かが首筋に触れた。

「声を出すな、さっさと立て」

「い、いた」

縛っていた縄で傷ついた手首を男が掴み、私を無理やり立たせた。

「あんたには悪いが人質になってもらうぜ。こっちへ来い」

男が声のする方向とは反対へ歩き出す。

「グフッ」

ヒュン、ヒュンという音が聞こえたかと思うと、隣の男からくぐもった声が聞こえた。

見上げると今にも飛び出るくらい大きく両の眼を開いたまま立ち尽くし、その額から何かが飛び出ている。

ぐらりと男の体が傾き、ドシーンと地響きと共に前に倒れ込んだ。

「……」

男の後頭部と背中には矢が刺さり、私は言葉を失ってその場に座り込んだ。

「コリーナ」

自分を呼ぶ声が今度こそはっきり聞こえ、振り向くと駆け寄ってくるレオポルドの姿が目に入った。彼の後ろには黒ずくめの男性が二人、矢をつがえている。彼らが矢を放ったに違いなかった。

「レ、レオポルド！　……っ」

床に手をついて起き上がろうとして左足に痛みが走った。

「レオ……」

「コリーナ……」

きちんとした上下のスーツに身を包んでいる彼しか見たことがなかったが、目の前のレオポルドは立ち襟の黒の膝丈のコートを羽織り、ぴたりとした黒のスラックスとブーツという全身黒ずくめの出で立ちだった。矢を放った人たちも同じ装いだ。

彼は着ていたコートを脱ぎながら私に駆け寄り、それを着せかけた。

レオポルドの体温の残ったコートに私の体を閉じ込めると、彼は怒りから一転、これまで見たことがないくらい苦しそうに顔を歪めた。

「怪我は？」

「あ、足が……」

引きずり出された時に捻《ひね》ったのか、左足首が痛い。コートの隙間からレオポルドが両足首を確認すると、左足首が右足の倍近く腫れている。縛られていた手首の擦り傷やほかにも転んだ拍子についた擦り傷が、脛周りや太もも辺りについている。何しろ裸同然だったから、身を護るものが何もない。これくらいで済んでよかったくらいだ。

「来るのが遅れてすまない……監禁場所の特定に手間取ってしまった。もう少し早く来れば……」

力強い腕が私の背中に回されて、きつく抱きしめられる。

「こんなの怪我のうちに入りません。こうやって来てくれたではありませんか」

擦り傷も腫れた足首も痛かったが、それは言わないでおこう。泣きわめいても痛みはなくならない。

「それでも……よかった……生きていてくれて」

「レオ……」

私の肩に顔を埋めるレオポルドの体は小刻みに震えていた。

しばらくの間、震え続けるレオポルドの温かい体に包まれていた。

「生きている君に、二度と会えないのではと思うと。怖かった」

私を抱きしめる彼の声には、安堵の色がこもっていた。その時ようやく、助かったのだというほっとした思いが胸を過《よぎ》った。

「レオポルド」

私からも彼の背中に腕を回して、力を込めて抱きつく。

「スタエレンス卿、表は制圧しました」

「スタエレンス卿、負傷者の数ですが」

「スタエレンス卿……」

レオポルドが責任者なのか、同じ黒ずくめの人たちが彼のもとへ次々とやってくる。

「スタエレンス卿、ここの後始末は我々に任せてペトリ嬢と共に先にお戻りください。ルブラン公が医師を待機させておられます」

一人の男性が近寄ってきて、レオポルドに告げた。

「わかった。後は頼んだ」

そう言うと、レオポルドはもう一度私をコートでくるみ直して立ち上がった。

「レオ、私、歩け……」

「足を怪我しているんだ。それに裸足ではないか」

膝裏に腕を差し入れ、レオポルドに抱き上げられた。

「でも……」

レオポルドの腕に抱かれ無事だったことを実感すると、周りが気になってくる。

「言うことをきかないと、皆の前でその口を塞ぐことになるぞ」

何で塞ぐのかレオポルドは言わなかったが、言われた通り口を閉じた。

口調は厳しかったが、彼の表情は柔らかかった。

レオポルドに抱えられ表に出ると空は明け始めたばかりで、まだうっすらと半月が空にかかっていた。

私が捕らえられていたのは寂れた街角の一角にある家で、辺りに松明《たいまつ》が掲げられ、火が燃える匂いのほかに血の匂いが立ち込めていた。

「スタエレンス卿」

こちらに気づき、黒ずくめの人たちが一斉に膝をつき、頭を垂れた。

「続けてくれ」

レオポルドが力強く声をかけると、全員が立ち上がり一礼して、作業を続けた。

全員がレオポルドの指示に従ったことに驚いていると、一番大きくてがっしりとした体格の顎鬚《あごひげ》の男性が話しかけてきた。

「無事に見つかったのですね」

レオポルドに抱えられ顔だけ出していた私を見て、彼は安堵の表情を見せた。

「ああ、君たちの協力のおかげだ」

「いいえ、我々は卿の指示に従って動いただけです。正しい情報と的確な指示がなければ、こうはいきませんでした」

「首尾は？」

「首謀者は全員捕らえました」

「逃げた者は？」

「おりません」

「こちらの被害は？」

「怪我をしたものが何人か。しかし軽い手傷程度ですが、あちらには死者が出ております」

辺りを見渡しながら状況が説明される。彼の方があきらかに年上だが、レオポルドに対して敬語で話している。

「レオポルド。この方たちは？」

「ああ、彼らはルブラン公の私兵だ。迅速な対応と秘密裏に動く必要があったので、ルブラン公が私兵をお貸しくださり、私が指揮を執った。彼は今回の私の補佐で、パライン卿という」

ルブラン公は国王陛下の叔父で、国唯一の公爵だ。そんな方とレオポルドがどんな関係なのだろう。

「お初にお目にかかります。スタエレンス卿とは時折訓練でお相手いただいております」

紹介されてパライン卿が私に会釈する。外務大臣補佐のレオポルドが彼らを従えていることが信じられず、レオポルドの顔をまじまじと見つめた。

「どうした、惚れ直したか？」

口角を少し上げて微笑むレオポルドが眩しくて、視線を逸らした。

「……………はい」

小さく呟くとレオポルドが目を見開いた。冗談を言ったつもりだったのに、私が素直に返事をしたのが意外だったらしい。

「レオポルド！」

遠くでレオポルドの名を呼ぶ声がした。

「おい、勝手に動くな！」

声がした方を見ると手首を縛られ、綱をかけられたソフィーがこちらに走ってこようとしていた。さっとパライン卿が背中に私たちを庇うために動いたが、繋がれた綱に引っ張られてそれ以上彼女は近づくことができなかった。

「あなたの価値を何もわかっていない、そんな女と一緒にいても幸せになれないわ！」

体の大きなパライン卿が立ちはだかっているので、彼女の姿を見ることはできなかったが、舞台女優なだけあってよく声が響いた。

「あなたに必要なのは私よ！　その女はあなたを普通の人間扱いしかできない愚か者よ。その女ではあなたの才能を活かせない」

身動きできなくても口を遮るものはない。彼女の憎悪のこもった罵声に、私はレオポルドの腕の中で震えた。

レオポルドがどれほど優れているか、私もわかっている。私が同じだけ優れているかと問われれば、その足元にも及ばない。

ソフィーの言葉は、私にとって初めて浴びせられた厳しい意見だった。

「私の価値とはなんだ？　私にとって何が幸せか、なぜお前がそれを決める。私の気持ちや考えが、他人のお前にどうして推し量れるのだ」

彼女の怒鳴り声を遮って、静かな口調でレオポルドが言った。

体を密着させている私には、彼の肌から滲み出る怒りがひしひしと伝わる。

私の位置から彼女は見えなくても、背の高いレオポルドからはパライン卿の肩越しに彼女が見えている。

「コリーナが愚か者とは、どういう了見だ。名誉毀損もはなはだしい」

見上げると、彼の首筋には血管が浮き出ていて、これでもかというくらいに眉と眉の間に皺が寄っていた。

私を抱く腕の力がさらに強くなる。

「お前の言い分は改めて尋問で聞く。その時まで、もう少し冷静に物事が言えるようになっていろ」

「待って、レオポルド！」

ソフィーの制止の声を振り切り、踵を返してレオポルドは歩き出した。

「レオポルド……」

「耳障りなことを聞かせてしまった。あの女の言うことは気にするな。勝手な妄想を抱いて君を巻き込んだ。万死に値するが、向こうが法を無視したからといってこちらも法を蔑《ないがし》ろにはできない。しかるべき沙汰を待って相応の罰を与えなければならない」

「私は……」

彼女の意見は確かに極端だった。レオポルドを至高の存在と認め、崇拝し、自分こそが彼に相応《ふさわ》しい存在だと思い込んでいる。彼女の生い立ちも考えも私は何も知らないし、知ったところで理解できるかどうかわからない。その上、私に誘淫効果のある煙を吸わせて理性を奪おうとした。あのままあそこにいたら、レオポルドが来てくれなかったらどうなったかと思うと、震えが走った。

誰かにあんな風に憎悪の感情を向けられる日がこようとは……そう考えると体に震えが走った。

「寒いのか？　馬車に乗れば少しはましになる」

私の震えがレオポルドに伝わり、心配そうに顔を覗き込まれた。

「大丈夫です。レオポルドの体温を感じるから寒くはありません。それより重くありませんか？」

レオポルドが意外に筋肉質なのはその体に触れ、抱かれたからわかる。それでも人一人抱え続けるのは大変だ。

「重くなどない。君は小柄だから」

「もちろん背は低いですけど……でも軽くはないと」

「怪我人が遠慮などするな。これは誰にもできない私の役得なのだから、素直に受け入れてくれ」

さっきの殺伐とした雰囲気は消え去ったものの、有無を言わさないレオポルドの口調に甘えたい私は黙って従った。

大通りに出ると馬車が一台止まっていた。

「傷をもう一度見せて」

馬車に乗りレオポルドが自分の膝の上に私を乗せ、両手首の傷を確認する。

傷口に触れないように、周りの肌を彼の指がなぞる。もしかしたらもう生きていなかったかもしれないと考えれば、些細なことだと気持ちを切り替えなければいけない。

「あ……」

「すまない。痛かったか？」

びくりとして私が小さく声を漏らすと、慌てて手を止めた。

「大丈夫です」

死ぬかもしれない目にあい、あわや貞操の危機だったのに、触れられただけで体が反応してしまう。もしかしたら煙を吸い込んだ影響が、まだ少し残っているのかもしれない。

レオポルドに触れられたところから、火が灯ったような熱が広がる。

「熱があるのか？　顔が赤い」

額や頬に順番に当てられたレオポルドの手の冷たさが心地良くて、無意識に体を傾けた。

「冷たくて気持ちいい」

レオポルドの手に顔を傾け、うっとりと呟いた。

「コリーナ……なぜこのような格好をしているんだ？」

ソフィー・クローデルが何をしようとしていたのかレオポルドはまだ知らない。なので、彼が私の姿を改めて疑問に思ったのは当然だ。

「怪しい香を焚《た》いて煙を吸わせ、男に乱暴させるつもりだったみたいです。それから私を殺して……私がレオポルドを裏切ったように思わせようとしたかったようです」

「なんだって⁉」

彼女の目論見を知り、レオポルドは怒りを募らせた。

「母上たちと出かけた君がサロンで行方不明になったと聞いた時は、心臓を鷲掴みにされたようだった」

コートを脱がせたレオポルドは、私の姿をまじまじと眺めている。あまりに熱心に見るので居心地が悪くなる。

「この姿をあの場にいたやつらに見られたのか」

レオポルドの眼鏡の奥の菫の瞳が濃くなる。

「君を掴んでいた男……あいつはもう少し痛い目にあわせてやるべきだった」

殺意のこもった声でレオポルドが言った。

レースの編み目を押し上げる胸の先端をレオポルドの指先が刺激して、声が口から漏れた。鼓動も速くなっている。体温が上がり、肌が色づいているのをレオポルドにも気づかれた。

「私、変なの……」

心とは裏腹に体はどんどん疼《うず》き、奥から熱いものが込み上げてくる。

「コリーナ……」

「熱い……体が……燃えているみたい」

体の内側から発する熱で次第に目が霞み、頭が働かなくなってきた。

「すごい熱だ」

額に手を当てた彼の言葉を耳にすると、熱をさらに意識して呼吸も荒くなっていった。

「レオポルド……」

朦朧《もうろう》とする中で、馭者《ぎょしゃ》に急がせるようにと叫ぶレオポルドの声を聞きながら、私は意識を手放した。

また母の夢を見た。今度は最初から夢だとわかっていた。

亡くなった頃のままの母が、庭に面したテラスの椅子に座って庭を眺めている。

暖かい陽だまりを肌に感じ、幸せを実感していた。

母が亡くなったのは確か三十五歳の時だった。

今二十八になる私と七つしか違わない。母が私の歳にはすでに子どもを産んでいたと考えると、私は本当に婚期が遅れたのだなと実感する。

私は母が亡くなった頃の年齢に戻っていた。母の前で膝をつき、椅子に座る彼女の膝の上に頭を預けると、優しく母が頭を撫でてくれる。

『ごめんね、コリーナ。あなたたちを置いて死んでしまって』

頭を撫でる母の声が、涙で震えている。

『もっと生きてあなたたちと過ごしたかった。一緒におしゃべりしてお菓子を食べて、いろんな話をしたかった』

私たちを置いて逝き、一番心残りだったのは母だ。その気持ちが痛いほど伝わってくる。

これが夢なら、母の言葉は私の妄想だろうか。それとも、あの世から夢を介して語りかけているのだろうか。

『コリーナ……』

母の手に撫でられているのはとても気持ちがよくて、いつまでもこうしていたい。

『母様……私ね……私……』

私も母が生きていたら話したいと思っていたことがたくさんある。トレイシーのこと、ルディのこと、父のこと……それから……初めて好きになった人のこと……

ガバリと母の膝の上から頭を上げた。

『コリーナ？』

私の名前を呼んでいたのは母様？

『コリーナ』

辺りを見渡し、声の主を探す。

低くて力強い声が私を呼ぶ。姿は見えないが、この声の主を私は知っている。

『コリーナ』

優しく語りかける母とは違い、切なくなるくらいに悲痛な声。

もう一度母の方を見上げると、そこにはもう誰もいない。テラスも椅子も何もない。

『コリーナ』

再び声が聞こえて真上から暖かい風が吹き込み、一条の光が差し込んで私を導く。

誰かが私を抱き上げ、どこかへ運ぶ。

『私が誰かわかるか？』

そう尋ねられ、朦朧《もうろう》とした意識の中で頷く。体の奥から経験したことのない疼《うず》きが込み上げて、これをどうにかしてほしくてその人物にしがみついた。

『レオ』

そう言うと、彼はすべてを理解したかのように私の疼《うず》く場所を的確に探り当て触れる。

けれど彼が触れる度にさらに疼《うず》きが増して、もっともっとと体を擦《こす》り付けた。

『ああ……いい……気持ちいい』

恍惚とした声でそう呟いた。初めての経験に翻弄されながらも楽しむ自分がいる。

『!!』

痛みと同時に、一番触れてほしかったところを熱く硬いものに貫かれる。


『コリーナ』

切なげに私の耳元で囁《ささや》く声の主は誰なのか。

閉ざされた記憶のカーテンがさっと開き、目の前にその人物が姿を現した。

そこではっと目が覚めた。

「気がつかれましたか？」

今見た夢の出来事が脳裏を横切る。

母の顔、優しい母の手、悲しそうな声。そして……

「ここは？」

分厚いカーテンが窓を覆っている。薄暗い部屋の中を見回す。ペトリ家とも違う。スタエレンス家にこんな部屋があっただろうか。

声がした方を見ると、見知らぬ男性がこちらを見下ろしていた。

「ここはルブラン公爵のお屋敷で、私は医者です」

「ルブラン公爵？　お医者様？」

ぼんやりした頭で、男性の言った言葉を繰り返す。

耳にしたことがあるルブラン公爵は軍部の最高責任者だ。

「そうです。あなたは三日も眠っていたのですよ」

「そんなに！」

自分の感覚では一日くらいは経ったと思っていたが、意外に長い間意識がなかったことを知った。

「覚えておられますか？　あなた様は手首に傷を負って、そこから破傷風になりかけていました。それと、誘淫香の影響もあって一時は痙攣《けいれん》まで起こして危なかったのです」

自分がどんな状態だったか聞き、命の危険もあったことに驚いた。

いろいろ尋ねたいが、私の頭の中にはさっき目が覚める前に見た夢の光景がこびりついていた。

母の姿が消えて現れた人物。

あれはレオポルドだった？　あの光景は数日前の出来事なのだろうか。

「ご心配をおかけしました」

健康が自慢だったのに、そんなに心配をかけてしまったことが申し訳なかった。

「あの、レオポルドは？」

「スタエレンス様はさっきまであなた様に付き添われていたのですが、ルブラン公爵に呼ばれてただいま席を外されております」

さっきまでレオポルドがいてくれたということは、耳に残る自分を呼ぶ声はやはり彼だったのだろうか。

最初は母の夢だったが、いつの間にか違う場面になっていた。しかもあれは自分の妄想なのか。それにしてはあまりにも現実的だった。男女が裸で抱き合っていて、しかもその一人は自分だった。

　そして相手は……

「まだ少し熱があるみたいです。後でもう一度解熱剤を飲む必要がありますね」

　私の額に手を当て、医者が言うのを上の空で聞いた。

「けれど峠は越えたようです。まだしばらく安静にしている必要がありますが、もう心配はないでしょう」

　医者がよく頑張ったねと、まるで小さい子にするように私の頭をポンポンと叩いた。

「あ、ありがとう……ございます」

「私はただ医者として必要な治療をしただけです。寝ずに看病されたのは、スタエレンス様ですから。お礼なら彼におっしゃってください」

「レオポルドが？」

「ああ、無理に起き上がらずに。まだ体力も落ちていますから」

　起き上がろうとして、医者に止められた。言われたように目眩《めまい》に襲われ枕に頭を戻した。

「お嬢様の目が覚めるのを待ち望んでいらっしゃいましたから、すぐに伝えにまいりましょう」

「あ、あの……」

医者は吉報を少しでも早く告げたいと思ったのか、いそいそと部屋を出ていった。

しんとした部屋に一人残され、改めて周囲を見渡した。分厚いカーテンの隙間から陽光が差し込んでいる。今は日中の時間帯なのだろう。

熱っぽい額に手を当てながら、蘇ったばかりの記憶についてもう一度考えた。

数日前、レオポルドと初めて夜を共にしたと思っていたが、さっきの夢に見た光景はそれとは違って見えた。

「まさか……違うよね」

そう自分で言いきかせる。あり得ないと思いながらも、そうでない可能性を否定できない。

ルーファスとトレイシーの結婚式。

レオポルドは確かにその場にいた。

あの日の私の相手は、結婚式の参列者以外あり得ない。

レオポルドとは式が終わって披露宴に行く前に少し会話をしただけで、その後はダンスも一緒に踊らなかった。

彼はいつまであそこにいた？　最後までいたかどうかも覚えていない。

披露宴が終わる前に自分は一人温室へ行き、お酒を飲んでいた。

――間違いない。もう否定もできない。

なぜ今までそのことに思い至らなかったのか不思議なくらいだ。

今はっきり思い出した。

あの日、トレイシーの結婚式の日の夜、私が一夜を共にした相手はレオポルドだ。

第六章

「あ～～冷徹の貴公子だぁ～」

ニヘヘと笑い、陰で言われているあだ名を口にした。

「やっぱり男前ねぇ……モテモテでいいわねぇ。選り取り見取り……羨ましいわぁ」

グビグビとまたもや瓶を傾けて直飲《じかの》みする。

「あれぇ……もうないや」

瓶を逆さに振り、最後の一滴が滴るのを仰向けになって、舌を出して受け止める。

「ちょっとぉ……突っ立ってないで、お酒、持ってきなさい」

ばたばたと手足をバタつかせ、突っ立ったままのレオポルドに命令口調で話しかけた。

どさり。

私は手足を広げて、後ろの花壇に仰向けに倒れ込んでいた。

温室のガラス天井が見えた。

「おい、大丈夫か‼」

驚いて駆け寄ってきたレオポルドの顔が、天井と私の間に割り込んできた。

「たおれちゃったぁ」

「手を貸そう」

ケラケラと笑い転げている私のスカートを黙って引き下ろしてから、手を差し伸べてくる。

「だっこぉ」

「は？」

「だっこしてよぉ」

小さい子が駄々をこねるように、両腕をこちらに突き出し、甘えた。

「酔っぱらいだな……」

とろんとした目つきに舌足らずな言動。あきらかに飲みすぎだった。

「ほら、起き上がって」

手を掴み引っ張られると、私は簡単に起き上がり、力の加減を間違えたのか、勢い余ってレオポルドに倒れかかった。

一度思い出すと、次々と記憶の断片が蘇ってくる。

温室で「冷徹の貴公子」と言ってレオポルドに絡み、花壇に倒れ込んだこと。

レオポルドに抱えられて部屋に運ばれてから、暑いと言って自分から服を脱いだこと。

お酒というのはつくづく恐ろしい。普通なら絶対あり得ないことができてしまうのだ。

酔ってくだを巻き、男性の前で服を脱ぎ、体を重ねた。

「ああ～私、何で……どうしてすぐに思い出さなかったの」

婚約してから一度レオポルドに抱かれた。それなのに、私はその時も思い出さなかった。

「そういえば……」

『ほかに言うことはないか』

あの朝レオポルドはそんなことを言っていたように思う。

あれは同じ体験をして思い出したかどうか、確認しようとしたのではないだろうか。

「は、恥ずかしすぎる」

私は酔って忘れて、その当人に「私は経験があります」と暴露したのだ。

今思えば、相手が誰か忘れたと言った時、彼は複雑な顔をしていた。あの時はただ忘れたという事実に呆れられたのだと思った。彼はあの日のことをどう思っているのだろう。

そもそも私が酔って前後不覚に陥っていたとはいえ、彼も酔っていたのだろうか。

「ううん……違う」

はっきり思い出したわけではないが、彼は冷静だった。私が煽《あお》り彼を巻き込んだ。

そして何も言わず、私を放って行ってしまった。

不自然だと思った彼の言動も、今なら理解できる。相手が自分だから「問題ない」と言ったのだ。私が体を許したのはただ一人。後にも先にもレオポルドだけだった。

レオポルドはあの時の責任を果たそうとしているのだろうか。それとも後悔している？

ずっと連絡がないと話したら、事情があったのだろうと援護するようなことを言っていた。

「コリーナ？」

「ひゃあああい」

不意に声をかけられて、びっくりして変な声を出してしまった。

「レ……レオポルド」

パニックになっていて、彼が来たのも気づかなかった。

そんな私を、ぎゅっと上から覆い被さるようにレオポルドが抱きしめた。少し息が上がっている。

「わ、私……」

全身の体温が一気に跳ね上がり、ドキドキが耳に響く。どっと汗も噴き出してきた。

「レイヴァン医師から君が目を覚ましたと聞いて飛んできた」

「ご、ごめんなさい……心配かけて」

伝わる彼の体温が私をさらに混乱させる。こうして彼の体温を感じるのは初めてではないのに、ドギマギしてしまう。

「何度も呼んだのに考え事か？」

少し身を起こして私の顔を覗き込む。薄暗い中でもこんなに近くにいたら、互いの顔がはっきり見えてしまう。

「あ……あの……」

どうしよう。思い出したことを伝えるべきだろうか。でも今さらな気もする。

「どうした？　顔が赤い。もしかしてまだ……」

私の様子がおかしいのを見て、レオポルドが額に手を当てて熱を確認する。

「だ、だだだ、大丈夫……具合が悪いわけでは」

「そのようだな。でもやっぱり様子が変だ」

どうみても挙動不審な私の様子に、レオポルドの視線が突き刺さるようだ。

「何か……」

ぐうううううううう。

言いかけたレオポルドの言葉を遮って、部屋に鳴り響いたのは私のお腹の音だった。

「……何か軽めの食事を用意してもらおう」

お腹が鳴る音を聞かれたのは恥ずかしいが、あれ以上追及されるのを免れた。

食事をいただいて、もうひと晩ゆっくり休むようにと言われ、一人になってどうすればいいか考えたが、結局考えはまとまらなかった。

思い出したことを告げるとしても、いきなり「えっとあの時は、ご迷惑をおかけしました。忘れていてごめんなさい」とでも言えばいいのか。

反対に、どうしてレオポルドははっきり言ってくれなかったのだろう。

もしかしたら、私が忘れているとは思わず、ルーファスたちが私との仲をお膳立てしたのを、責任を取らせようとしたと思って引き受けたのかもしれない。

そしていざ婚約話のためにやってきて話をしてみると、私が覚えていなかったが、今さら後には引けず今に至ったのではないだろうか。


次の日私は、ルブラン公爵に対面していた。

「お初にお目にかかります。この度はいろいろとお世話になりました」

「そんなにかしこまらないで楽にしてくれ。ずいぶん具合が良くなられたようだ」

ルブラン公は屈強で、大柄な体格でひと目で軍人だとわかる。国王陛下が父より少し若いから、想像では父くらいの年齢だと思っていたが、それよりずいぶん若い。

後で聞いたら、先代の国王陛下とは歳が十五歳離れているそうだ。

隣にレオポルドがいたが、昨日から顔を合わせるのが気まずい。

レオポルドも私の様子がおかしいことに気づいているが、何も言わない。私の態度がおかしいのは大変な目にあったからだと思っているのかもしれない。

「閣下、コリーナが萎縮しています」

強面の厳つい顔に少し及び腰になっているのを見かねて、レオポルドが間に立った。

「我々はもう慣れましたが、コリーナはただでさえ閣下の身分に腰が引けているのに、そのように立たれては威嚇している熊にしか見えません」

「レオポルド、誰もそこまで……」

公爵を熊にたとえたことに、慌てて注意する。

「そうか……これは申し訳なかった。私も座るから君たちも座りたまえ」

目尻を下げてカカカと大きな口を開いて豪快に笑う閣下を見て、怒っていないことがわかりほっとした。

彼は一人用の肘掛け椅子にどかっと座る。言われるままに、向かいに置かれた長椅子に二人並んで座った。

「起きたばかりのところを呼びつけてすまなかった。手短に話を済ませるので、しばし我慢してくれ」

レオポルドの言葉に怒るどころか、私の体調を気遣う言葉をルブラン公が口にした。

「具合が悪くなったら遠慮なく言いなさい」

「お気遣いありがとうございます。こうして座っていれば大丈夫です」

ルブラン公の前で緊張するが、隣に座るレオポルドの方が気になる。

「今回は大変だったな」

ルブラン公が今回の件について、私に同情の目を向ける。

「いえ……」

ほかに何と言っていいかわからず、短く答えた。

「実はソフィーをスタエレンスに引き合わせたのは、私なのだ」

「え、閣下が……ですか？」

意外な事実に驚いてレオポルドを見ると、彼も頷いた。

昨夜から彼の顔をはっきり見たのは、この時が初めてだった。

「他国の要人が我が国を訪れた際に、スタエレンスに警備を兼ねて接待の責任者を任せていた。その時に芝居見物に連れていくことがあって、ソフィーと接することがあった」

「そう……なんですね」

疑っていたわけではなかったけど、本当に仕事で彼女と接していたようだ。

「要人の中には、非公式に訪れる者もいる。詳しくは言えないが、秘密裏に交渉する際の場所に、貴賓席を使うこともあった。女優との逢瀬を隠れ蓑にして」

レオポルドがなぜ彼女と面識があることを公にしなかったのか、それで理解できた。

この前私が観劇に行った時も、誰か身分が高い人のお忍びだったのだろう。

「しかし、まさか彼女がそこまでスタエレンスに懸想していたとは思わなかった。これは私の人選ミスとも言える。もしくはもっと早くに、ほかの者と役割を交代させていれば今回のことは防げたかもしれない」

「私も、遠ざければいつか熱は冷めると安易に思っていました。彼女の本性を見誤っていました」

「申し訳なかった」

「すまない、コリーナ」

「そ、そんな……閣下まで。やめてください」

二人に揃って深々と頭を下げられ慌てた。

「私はご覧のとおり生きておりますし、大事には至りませんでした。ですから……」

「望みがあれば、私の権限で何でもしよう。そう言えばもうすぐ結婚するのだな。聖トゥーリール教会で挙式するのはどうだ?」

「聖トゥーリール教会!」

そこは王族が挙式や洗礼式などを行う時に使われる教会だった。

貴族がそこに入ることができるのは、そういった式典などに参列する時だけ。

それも参列だけで、本人たちがそこで式を挙げることはない。

「なんだ？　不服か」

「閣下。それは流石《さすが》に……前例を作ると後が大変ですし、我々もほかの者に何と言われるか。互いの両親も恐れ多いと青ざめるでしょう」

「そうか」

レオポルドも説得し、何とかその提案は思いとどまってくれたようでほっとした。

「しかし、そうなると何がいいか……」

顎に手を当てて、さらに思案する。

「そうだ。王家の宝物庫から何か好きなものを……」

「本当に、お気持ちだけで」

王家の宝物庫なんて、とんでもない。

「コリーナ、こちらから申し上げないと、次は何を言い出すかわからないぞ」

レオポルドがそっと耳打ちしてくる。

吐息が耳に吹きかけられ、あの日の記憶と共に忘れていた快感が蘇り、体が震えた。

ああ、本当に、あの時の相手はレオポルドだった。

「コリーナ？」

「あ、あの……お世話になっていて申し訳ないのですが、できれば今日のうちに生家へ戻ろうと思うのです。よろしいでしょうか」

「私は構わないが、スタエレンス家でなく？」

「その……里心がついたというか……」

「そうだな。いろいろ大変だったから、スタエレンス家より生家に戻った方が気も休まるだろう。それにその方がいいかもしれない」

家に帰るのは明日の朝、ルブラン公から使者を送って連絡を入れてもらうことにした。

話が終わって部屋に戻る私の後を、レオポルドがついてきた。

レオポルドの顔がまともに見られない。

「コリーナ、一体どうしたんだ」

部屋に入ろうとするところを、彼に引き留められた。

「どうしたとは？」

私の態度のよそよそしさに、当然レオポルドは気づいている。

だからそう尋ねたのはわかっていて、わざととぼけた。

「昨日から目を合わせてくれないではないか」

寂しそうな声だった。

「それは……」

恥ずかしさにどうすればいいかわからない。経験もないのに、大胆なことをした。お酒に酔ってしでかした私の振る舞いを、彼はどう思ったのだろう。

「実は君に黙っていたのだが」

まさかあの日の相手が自分だと今話すつもりなのか。

「ソフィーは捕らえたが、ルブラン公も私もおそらくまだ仲間がいると思っている」

「え」

唐突な話に驚いて思わず彼を見上げてしまい、すぐに目を逸らした。

「君を怖がらせたくなくて言えなかった。だから当分は忙しくて、会う時間がないだろう」

「そ、そうですか……」

「君がペトリ家へ帰るなら、その方がよかったかもしれない」

私が実家へ帰ると言い出したのは予想外だったみたいだが、レオポルドにとってもその方が都合がよかったようだ。

「もし君が、今回のことで私との婚約を考え直したいと思うなら、周りには私のせいだと言って解消してくれて構わない」

「え」

思ってもいなかった彼の言葉に、また驚いて顔を上げたが、その瞬間レオポルドは私に背を向けてしまった。

「私との婚約を考え直したいというの？」

「私から解消はしない。私はただ君の決定に従う。君が決断するまで、このことは誰にも言わないでおく」

私が何も言えないままでいると、レオポルドは「考えておいてくれ」と言って立ち去った。

次の日、私が起きた時には、レオポルドはもう出かけた後だった。

手配してもらった馬車で帰宅する。先にルブラン公が知らせてくれていたので、家族は特に驚くこともなくお帰りと言って温かく迎えてくれた。

ここを出てまだ半月ほどなのに、とても懐かしく感じられた。

トレイシーが結婚後に初めて帰ってきた時も、こんな気持ちになったのだろうか。

「コリーナ」

「コリーナさん、とても心配したのよ」

「姉様」

「お姉様」

四人が私の到着を、玄関先で待ち構えていた。

家族には私に何があったのかはすでに知らされていた。

ジーナさんは最初ソフィー・クローデルから私が化粧室で倒れたので、医者に連れていったと聞かされた。

ジーナさんが私の様子を見たいと言うのを、具合が良くなったら馬車で送ってもらうからと私が言っていると丸め込まれ、夫人と二人で先に引き上げたのだという。

しかし帰宅したレオポルドが夫人に事情を聞いて急いで出ていったので、両家は騒然となった。

「心配をおかけしました」

「お前が謝る必要はない。体は大丈夫なのか」

特殊な薬を嗅がされ、解毒と治療でルブラン公の屋敷に運んだとレオポルドが使いを送ったのが助け出された次の日の明け方で、家族もレオポルドの両親もすぐに駆けつけたがった。

しかし相手は公爵家。伯爵と子爵で無理に押しかけるわけにもいかない。だが私のことが気になって、皆が寝不足の状態だった。

マーガレットは少し休むと言って部屋に引き上げ、私はジーナさんと自分の部屋にいた。

私は皆の前で回って見せた。それでようやく父とルディは安心して仕事に出かけた。

「はい。このとおり」

「もう、具合はいいのね」


「実は今朝早く、レオポルドさんが我が家に来たの」

自分の部屋に戻った私を追いかけてきたジーナさんが教えてくれた。

「レオポルドが？」

何も聞いていなかった。来るならひと言言ってくれればよかったのにと思い、私の態度がずっとよそよそしかったからだと気づいた。

「それで、彼は何を……」

婚約のことは、私が結論を出すまで誰にも言わないと言っていた。

「初めて生家から離れて家が恋しくなっているみたいだから、気が済むまでよろしくって。それからしばらく忙しくて来られないことを謝っていらっしゃったわ」

「そんなことを……」

急に私が戻ってきたら、家族が心配するだろうと先回りしてくれたのだ。

「正直に言うと、ちょっと心配だったの」

「心配？」

「ええ。スタエレンス家の方たちは良い方だし、コリーナさんなら素敵な花嫁になると思っていたけれど、レオポルドさんの評判を聞くとあなたが良くも悪くも注目を浴びてしまうのではないかって」

　ジーナさんの予想は図らずも的中したと言っていい。ソフィー・クローデルが私を狙ったのも、レオポルドと婚約したことが発端だったから。

　彼が婚約を望んだのは、あの時のことに責任を感じたからだとしたら。そして今はまた別の意味で責任を感じ、気持ちが揺れているのだとしたら。

「レオポルドと私……似合わないと思いますか？」

「そんなことは周りが勝手に言っていることよ。私はあなたがそれで傷つかないか心配だったの」

「私が傷つく……」

「それに、今回のことで……お父様も結婚を考え直した方がいいのではとおっしゃっているの。もちろん、レオポルドさんも被害者と言えるから、あからさまに責めたりはされなかったけれど。でも私たちが心配しないように先回りして来てくれるなんて、それもこれもあなたを大事に思っているからよね。お父様もあなたが望むとおりにさせてあげようとおっしゃっているわ」

よく考えてね、とジーナさんに言われた言葉を考える。

レオポルドとの関係を、私はどうしたいと思っているんだろう。


ペトリ家に戻ってから二日後。私はいまだにレオポルドに会えないままでいた。

「お嬢様、お客様です」

「お客様？」

一瞬レオポルドかと思ったが、呼びに来た侍女のルレッタがすぐに訪問者の名前を告げた。

「クラレスさんという方です」

「クラレスさん」

夫人の使いだろうか。誰も使っていないのを確認して、応接室に通させた。

「お嬢様」

「クラレスさん、お久しぶりです」

応接室で待っていると、私服を着た彼女が入ってきた。

「突然訪問して申し訳ございません」

「どうされたのですか？」

もしかしてレオポルドから何か言われてきたのかもと思ったが、彼女は首を振った。

「私一人の判断でまいりました」

思い詰めた表情で、彼女は私のところまで歩み寄ってくる。

「どうか若様……レオポルド様をお見捨てにならないでください」

「え、見捨てる⁉　私が……レオポルドを？」

唐突な話に面食らう。私が望むなら婚約解消もあり得るとは言っていたが、私はまだ何の答えも出していない。

「レオポルドが何か言っていたの？」

とにかく彼女を椅子に座らせてお茶を勧め、彼女がお茶をひと口飲んでから質問した。

「いいえ若様は何もおっしゃいません。ただ、お嬢様がご自宅へ戻られたとだけおっしゃって。いつスタエレンス家にお戻りになるのかと奥様がお尋ねしても、わからない、の一点張りでした」

「だから痺れを切らしてあなたが？」

「はい。奥様たちはもうお互いいいお年なのだから、二人の判断に任せておけばいいとおっしゃいましたが、いても立ってもいられず、個人的な用があると言ってお暇をいただいてまいりました」

そこまで気を遣ってくれたことに、申し訳ない気持ちになる。それもこれも私がはっきりしないせいだ。

「まさか、私のせいですか?」

「え?」

「私が偉そうに、お嬢様に若様とのことについて口出ししたからですか?」

「クラレスさんは関係ありません」

「本当でございますか?」

私の言葉を聞いて、彼女は一気に表情を緩ませた。私がスタエレンス家に帰ってこないのを自分のせいなのではと、罪の意識が彼女を思い詰めさせたようだ。

「旦那様も奥様も、お二人の仲を心配されております。若様に非があるなら、私が全力で改めさせます」

「あの、ちょ、ちょっと待ってクラレスさん」

たたみかけるように言う彼女を止めた。

「レオポルドは何も悪くありません。だから彼を責めないでください」

「ですが……」

「クラレスさんのお気持ちはわかりました。心配させてごめんなさい。でもあなたが心配しているようなことではないの。だから安心して」

最初は信用しなかったが、何度も説明して、ようやくクラレスさんは納得して帰っていった。

大丈夫、心配しないでと言った手前、このままではいけないのはわかっている。

嫁《い》き遅れだと周りから言われても、私が気に病まずいられたのは家族の理解と支えがあったからだ。

皆のために頑張ってきた。逆に言えば皆がいるから頑張ってこられた。

レオポルドとの出会いは、私のこれまでの人生を一変させた。

周りがどんどん変わっていくのに私だけが取り残されるような心細さを感じ、変わりたいと思っていたのかもしれない。

そんな時、彼と出会い、そこに手を伸ばした。

家族と共にいれば安心だし楽だ。

レオポルドといるとそんな心の平安が掻き乱され、落ち着かない。

私はこれまでの人生を変えようとする覚悟が、まだできていなかったのかもしれない。

「う……ん……いた」

ずきりとした痛みがこめかみに走り、顔を顰《しか》めた。

「ん……みず」

それでも何とか体を起こして、目を瞑《つぶ》ったまま水を求めて手を伸ばした。

「ほら、水だ」

そう言って誰かが伸ばした手にコップを持たせてくれた。

「ありが……」

お礼を言いかけて違和感に気づき、そこでぱちりと目が覚めた。

「え⁉」

「おっと危ない」

驚いて落としそうになったコップを見事に受け止めたのは。

「レオポルド！」

「少しこぼれてしまったな」

シーツに少しこぼれた水滴を彼がハンカチで吸い取るのを、あんぐりと口を開けて見つめた。

レオポルドが目の前にいる。

「どうし……あ、いた」

頭を動かすと、また痛みが襲った。

「典型的な二日酔いの症状だな。薬を用意してあるから飲むといい」

「ありが……じゃなくて、どうしてあなたが」

差し出された薬を素直に受け取りかけて、なぜ自分の部屋に彼がいるのか問い質した。

窓の外はまだ暗い。僅《わず》かな灯りだけが灯された私の部屋の寝台の傍らで、上着を脱いでシャツ姿のレオポルドが座っていた。

「覚えていないのか？」

「え……？」

そう言われて必死で記憶を辿る。

昨日はいつものように、家族と夕食を共にした。普通の食事風景。父とジーナさんとルディとマーガレットと私。父が珍しくワインを飲んでいた。スタエレンス家からの差し入れで、クラレスさんが届けてくれたものだった。せっかく差し入れてくれたのだからと、勧められて私も飲んだ。

癖もなく口当たりがいいワインだった。一杯で気分が良くなり二杯目を飲んだ。

父とジーナさん、ルディとマーガレットの四人がそれぞれ互いに仲良く話している光景を眺めているうちに、ついお酒が進んだ。

家族なのに。いつまでも家族なのに。今でもお互いを大事に思っているのに、それぞれの時間が流れていると感じた。私がいた場所なのに、すべてが同じではないと気づいた。

そうして人は、どんどん変わっていく。

私とレオポルドは？　彼があんなことを言ったのは、私との婚約を後悔しているからなの？

そう思いながら、いつしかワインを空けていた。

「思い出した？」

「えっと……ワインを飲みすぎて」

その後のことがぼんやりと蘇ってきた。

「お酒を飲みすぎたのは思い出したけど……レオポルドがなぜ」

「なぜって……君が私を呼んだんだろ」

「……あ」

またやってしまった。両手で顔を覆い自分の失態に愕然とする。

私はまた酔っぱらい、そして突然泣き出したのだった。

突然目から大粒の涙をボロボロと流し始めた私を見て、四人がどれほど驚いたか想像に難くない。

ルディが飲みすぎだからそれくらいにしては？　と言った後、私がすぐに泣き出したので、自分が諌めたせいだとルディが一番青ざめただろう。

それから私はどうした？

『レオポルド……レオポルド……ごめんなさい』

その言葉を繰り返し、わあわあと泣いた。

「何を訊いても『ごめんなさい。レオポルド』を繰り返したそうだ」

「確かに……そんな記憶が……それだけ……よね」

それだけで十分恥ずかしいことだが、その程度ならまだ傷は浅い。グズグズと泣いたことは過去にもあった。ある意味家族は私が泣くのには慣れている。

「……」

意味ありげに彼が口角を上げ、困ったように眉を下げた。それは私の問いに対して否と言っているのだとわかる。

「え、ち、違うの？」

「聞きたいか？」

気になるのに聞くのも怖い。

でも知っておかないと、これからどう対処したらいいかわからない。

「その前にどうして弱いのがわかっていて、あんなに飲んだのだ？」

「それは……つい、何となく……」

「何となく……ね。教えてくれないつもりか」

「教えないとかそういうのではなくて……その、自分でもよくわからないというか」

幸せな家族を見ているうちにモヤモヤしてつい飲みすぎたのだが、なぜモヤモヤしたのか自分でもわからない。

「ごめんなさい。うまく言えなくて……でも、嘘では」

そんな言い方で納得してくれるかわからないけれど、今はそうとしか言えない。

「嘘だなんて思っていない。君を信じるよ」

レオポルドの声は優しかった。

「まあ、目が覚めたのならよかった。じゃあ、私はこれで」

「あ、ま、待って！」

立ち上がって出ていこうとした彼を、反射的に引き留めた。

「コリーナ？」

「その……」

彼は振り返ってくれたが、次の言葉が出てこなかった。

「その……」

レオポルドは私が話し出すのを辛抱強く待つ。

「私……思い出したの」

「……そうみたいだね」

「え……」

すべてわかっていたようなレオポルドの反応に驚いた。

「それに君の様子が変だった理由がわかったからね」

「え⁉」

どういう意味か。悪い予感が頭を過《よぎ》った。

「まさか……」

「お酒は人の理性を失わせ、本音を曝《さら》け出させるものだな。君の場合は特に」

「え……あの」

「ようやく思い出してくれたんだな。あの夜のこと」

「ひっっ」

喉の奥が張り付いたように、それしか言えなかった。

眼鏡の奥から彼の菫の瞳がきらりと輝く。

レオポルドが上半身を傾け、顔を寄せるのをただ凝視する。

「『忘れていてごめんなさい。どうしてすぐに教えてくれなかったの。私が馬鹿みたい。初めての相手に向かってあんなことを言うなんて』だったかな」

「まさか、そんなことを私が?」

「私が嘘を言っているとでも?」

「だって……」

「私は教えなかっただけで、何も嘘は言っていない。君が乙女ではないと言った時、問題ないと言ったが、それだけだ」

「う……」

確かにそうだ。

でも私が彼の名前を呼んで泣いたとして、どうして都合良く彼が我が家に来たのか。

「も、もしかして」

「君のご家族ももちろん聞いていた」

「あ、ああああああ」

やってしまった。両手で頭を抱え、枕に突っ伏した。

「すぐに君は意識をなくしたから、どういうことかとお父上に糾弾《きゅうだん》されて話すしかなかった。ただ、私の言葉だけでは信用できないから、目が覚めたら君からも事情を聞くとおっしゃっていた」

つまり私は、親と弟たちに自分の酒癖の悪さと失態を暴露したのだ。

「皆驚いていたよ。酔うと君がこんな風になるなんて、と」

「あ、あなたは……お父様はあなたに、なんて？」

私が自ら酔ってしでかしたこととはいえ、普通の父親なら娘を傷物にしたと怒るだろう。まさかレオポルドに掴みかかったりしなかっただろうか。

「血の気は失せていらっしゃったが、ジーナ殿がこれは二人の問題だからと宥められていた。彼女がそう言うと、君の子ではないからそんな無責任なことが言えるのだと激高されてね」

「え、それは……」

それは彼女に言ってはいけない言葉だ。

「うん、ジーナ殿は怒っていたね。声を荒らげはしなかったが、彼女の怒りの感情が伝わってきた。ルディ君たちも慌てて仲裁に入ったから、君は私がここまで運んできた。ルディ君には姉様を頼むと言われたしね」

「ご、ごめんなさい」

とんでもない夜だったようだ。騒ぎの原因の私は酔い潰れ、レオポルドにも家族にも迷惑をかけてしまった。

「誤解をしているようだから言うが、私は君の純潔を奪ったから婚約を望んだわけではない。順番が逆だ」

「逆？」

「ルーファスとトレイシーの結婚式の日、君は泣いていた」

菫色の瞳があまりに真剣に見つめてくるので、思わず見入った。

「お酒のせいもあったかもしれないが、あんなに素直に泣く君を見て心の底から感動した」

「それは……」

きっと子どもみたいにわんわんと泣いたのだろう。

「結婚式で感極まって泣くほど君が家族をどれほど大事に思っているか、愛しているか。その気持ちを自分にも向けてほしいと思った。家族への愛情に溢れる君に、自分も愛を向けてほしいと……その体以上に大きな心で……」

「それは言い過ぎ。家族が新しい幸せを見つけるのは嬉しいことよ。でも、皆からおいてきぼりになる自分を哀れんで、卑屈になっていただけなの。そんな自分が嫌で……だからレオポルドが思うような立派なものではない」

「コリーナ……」

レオポルドが頬を寄せ、私を抱きしめる。

私は息をするのも忘れて、目の前のレオポルドを見つめた。自分の心臓の音がやけに大きく響き、ごくりと唾を呑み込む。

「私は小さい頃から、大抵のことは苦もなく人より何でもよくできた。自慢話でなく……一度習ったことは、砂に水が染み込むように覚えた。体格にも恵まれて、武芸も、同年代だけでなく自分より歳上の体の大きな者にも後れを取らなかった」

すごいことだと思いながら黙って聞く。私もルディが小さい時に、剣術の相手をして筋がいいと褒められた。そんなに腕が立つなら、一度相手をしてもらいたいものだと頭を過《よぎ》ったが、レオポルドの話も聞くべきだと慌てて振り払った。

「だからなのか、何かに必死になることがなくて、いつもどこか冷めていた。努力して何かを勝ち取ったりする達成感を味わったことがなかった。もちろん、褒められれば嬉しかったが、その分周りの期待も大きくなって、もっともっとと要求されるようになった」

見限られるのも辛いが、常に上を目指すように求められるのも辛いだろう。恵まれた者にだけしかわからない苦悩。

「そのうち、何をしても何を見ても感動しなくなった。芸術の価値はわかるが、心を揺さぶられることもない。私自身、感情を切り離して生きるのは別に嫌ではなかった。むしろ、仕事の上で冷静さを求められたので、それが功を奏した」

レオポルドの話は伯爵夫人の息子に対する表現から、何となく想像できた。

必死に努力して何かを成し遂げようとして、それが叶った時の達成感や、反対に叶わなかった時の敗北感をレオポルドは知らない。もしかしたら人生に対して、生きる意味が見いだせないのかもしれない。

努力しなくても何でもこなせることで、レオポルドは物事に対する執着を失っていた。

でも、それと私が何の関係があるのだろう。

「もちろん、両親のことは愛している。ルーファスも弟みたいで可愛いと思っている。だが、それ以外のことは……来るものは拒まず、去るものは追わずだった」

レオポルドはもっと何でも余裕で構えて、苦悩などないと勝手に思っていた。それが間違いだったのだ。

私が何の取り柄もなく、平々凡々だと悩む一方で、何でも人よりできすぎて悩む人がいる。人にはそれぞれいろんな悩みがあるものだ。

レオポルドの話が悩みについてならの話だけど。

「でも、君は違った」

何が違ったんだろうと思いながら、ようやく私の話に辿り着き、私は居ずまいを正して、しっかり聞く体勢を取った。

「人の幸せを一緒に共有して、人のために、涙を流すくらい自分のことのように喜べる」

教会でぶつかった時に泣いていたことを言っているのはわかった。

「人のって……妹ですし」

気分は姉と母二人分だった。

「私は姉や妹の時に泣けなかった」

「それは人それぞれ……」

まだ会ったことのない彼の姉妹の結婚式で、号泣するレオポルドを想像しようとしたが、まったくできなかった。というより、絵的に無理がある。

「人に対してこんなにも一生懸命になれる人がいるのだと思った」

「え……私……そんなこと……」

は、恥ずかしい……時々、子育て……じゃなかった……妹や弟育てに心が折れそうになると、こんな時、お母様はどうするだろうと空に向かって話しかけていた。

「私は世間が評価する自分としてではなく、君の特別になりたかった。君の視界に『レオポルド・ダッラ・スタエレンス』でなく、ただのレオポルドとして、捉えてほしかった」

「レオポルドは……レオポルドだわ」

「変なことを言っているのはわかっている」

世の中、美男美女だけが持て囃《はや》されるばかりでは成り立たないものだ。奇をてらったわけではないが、ルディたちに苦笑いされた私の嬉し涙が彼には新鮮だったようだ。

「とにかく私は……君の特別になりたいと思った。君の……関心を引きたいと切望した」

熱を帯びたレオポルドの視線が私に絡みつき、呟いた声が微かに掠れていた。

「レオ……」

彼が次にどうしたいのか訊かなくてもわかり、私の心臓は早鐘のように鳴り響いた。

レオポルドは、私でさえ長所かどうかわからない部分を好きだと言ってくれた。

感情移入しやすくて感激屋で、妹の晴れ姿に涙する私がいいのだ、と。

男女の駆け引きや恋の戯れなどまるで縁のなかった私の前に、突然現れたレオポルド。

トレイシーやルディ、父やジーナさんのような関係にはほど遠いが、私という人間をあんな風に見てくれる人がいて、出会えたことが嬉しかった。

「だからなのか、あの日、君が流した涙がとても印象的だった。あんなに一生懸命に感情移入できることに驚いた」

「あの、それは……別に私に限らなくてもあることだと思います」

改めて感心されると恥ずかしい。特別な才能ではなく、ただ泣いていただけだ。

「それはそうかもしれないが、涙など、感情がなくても流せる人はいる。嘘の涙を流す者を何人も見てきたし、私も泣けと言われれば感情が伴わなくてもできる」

それについては何も言えなかった。私のこれまでの人生でそんな人には会ったことはない。でもレオポルドはこれまでそのことで嫌な思いをしたこともあるのかもしれない。

「君だから、君の涙だから特別だったんだ。あの日、温室の花の中で涙に濡れて振り向いた君がいつまでも忘れられない」

「レオポルド」

女性に対して一歩引いた対応をする人だと、勝手に思っていた。

黙っていても女性が寄ってくるだろうし、実際そのとおりだろうから。

そのレオポルドが、私を特別だと言っている。

「いくら目の前で服を脱がれたところで、誰彼構わず飛びつくつもりはない。君だったから自制ができなかった」

「そんなの……」

後からいくらだって取り繕うことはできる。そう言おうとしたが、その先が言えなかった。

彼が私を繋ぎ止める理由がほかにあるだろうか。彼なら私でなくても選択肢はいくらでもある。

「酔った君に手を出したのは、卑怯だったかもしれない。だが、あの時何かしなければ君を失うと思った。そう思ったら、いても立ってもいられなくなった。許してほしい」

そう告白する彼の顔は真剣だった。

忘れていた私に、何を言う資格があるだろう。

少なくともレオポルドは自分の心情を包み隠さず伝えようとしてくれている。

「再会して、君があの日の相手を忘れていると知った時は驚いた。そしてそれを言って、私に婚約を思いとどまらせようとしている君に、怒りすら覚えた」

「それは、あのまま話を進めて、後になってわかってからでは悪いから。もちろん私にも責任があるわけだけど、途中で断られるより最初に断られた方が傷は浅いかと……」

「コリーナにそんな駆け引きができるとは思わないが、世の中には逆に経験がないと演技までする者もいる」

「え、そうなのですか。その……男性にはわかってしまうものなのでは」

そんなごまかしができるとは知らなかった。未経験の女性には処女膜というものがあって、一度経験するとそれが破れることは私でも知っている。だからこそ処女であることを証明できるのだ。初体験だと言っていても出血がなければすぐにわかるものなのに。

「経験がある者ほど、初めてだという演技もできる。それに騙される男もいる。出血だって、動物の血を仕込むこともできる」

「し、知りませんでした」

「知らなくていい。第一そんなことをする必要はない。君の初めても二度目も、これから先も相手はずっと私だから」

「それなら、なぜあんなことを言ったのですか」

「あんなこと？」

「私に婚約を考え直すよう言ったことです」

「先に家に帰ると言ったのは君だ。私と離れたがっているからだと思ったんだ。あんな目にあったのは私のせいでもあるから」

「直接手を下したのはソフィーです。どこにレオポルドの責任があるのです？」

もちろん二度とあんな目にあいたくないが、レオポルドが気にすることはない。

「あなたが彼女をけしかけたわけでも、自分に好意を寄せるよう仕組んだのでもないのですから、あなたのせいとは言えません。他人が勝手に取った行動まで、責任を負う必要などありません」

完全無欠に見えて、レオポルドがそんなことを気にしていたなんて。

レオポルドは私の手を両手で握ると、恭しく手の甲に唇を寄せた。

「あんなことを言っておきながら、もし私の言葉を受け入れて君が婚約解消を決めてしまったらどうしようかと心配でたまらなかった。ソフィー・クローデルの件もまだ片付いていないのに、昨日も危うく急に目の前に現れた仲間を敵と間違えて襲いかかろうとした」

「そんなことが……」

「君がペトリ家へ戻ってから徹夜続きだったせいもあるが、常に気を張っていなければいけないのに、一瞬の判断の遅れが大事故に繋がるとルブラン公に叱責されて、昨夜一度家に戻った。クラレスが私の様子を見て父たちに内緒でここに飛び込んできたと、今日戻ってから聞いた」

どうして彼がここにいるのか、その理由がわかった。

「クラレスさんを叱らないでください。彼女は私とあなたのことを思って……」

「わかっている。彼女が私のために暴走することは今までにもあったが、こんな風に君との仲を気にして動くとは思わなかった。一体どんな魔法を使ったんだ。彼女を味方につけるなんて」

「私も彼女もあなたを大切に思っているのがわかるから、通じ合うものがあったのでしょう」

レオポルドのためなら迷いなく行動できるクラレスさんはすごいと思った。

反対に私は自分の行いを恥ずかしく思い、そこから目を背け逃げてしまった。

「かっこ悪いわね。お父様にとって自慢の娘、ルディたちからは尊敬する姉と思われていたかったのに」

どんな顔をして皆に会えばいいのかわからない。

「恥ずかしがることはない。少しくらい失敗したって君の家族なら受け入れてくれる。それに私はよかったと思っているよ」

項垂れる私の頭をレオポルドが優しく撫でた。

「よかった？」

少し涙目になって彼の方を見る。

「ああ、君が酔って温室に逃げ込まなければ、あそこで会うこともなかった。きっと理性が働いて君はあんな風に乱れることもなかった」

自然に、ほんとうに自然に彼は顔を近づけ額に唇を寄せた。

「乱れる……」

「あどけない顔をして……」

額から両瞼、鼻、両頬へと唇が移動する。

「なのに体は成熟して、咲き誇る大輪の花のように芳《かぐわ》しかった」

顔中にキスをされ、手は背中を何度も優しく擦《さす》る。

「コリーナ」

「レオポルド？」

レオポルドはそれ以上先には進まず、私から離れた。

残念に思って寂しそうに彼を見た。いつの間にか私は、彼に触れられることを喜んでいる。

「そんな残念そうな顔をするな」

顔に出ていたみたいでからかわれた。

「この先に進むために、素面《しらふ》の君に改めて問いたい」

目の前の床に片膝をつき、私の両手を掴んだ。

「君は私との婚約を、結婚を望んでいるか。私と共に生きることを、あの日のことや年齢や家族に対する義務感は関係なく、君自身が望んでいるか」

嫁《い》き遅れだから、家族を安心させるために結婚しないといけない。初めてを奪った相手だから、責任を取ってもらわなければ。そんな世間の価値観をすべて取り払って、私自身が何を望むか。

「私の望みは」

目を閉じて彼の問いについて考える。私がこれまで大切にしてきたものは家族だ。皆が幸せなら、私はそれで幸せだった。娘として姉として慕われ期待され、そこに自身の存在意義を見いだしてきた。

トレイシーの結婚で、そのひとつがなくなった。トレイシーにはルーファスという新しい家族ができた。ルーファスの両親もいて、私の母親代わりの役目は終わった。

ふと見渡せば、周りはどんどん変わっていき、私だけがずっと変わらない。寂しい気持ちが生まれ、そんな時、レオポルドと出会った。

ルーファスの家族との初顔合わせの日、社交界から遠ざかっていた私が彼を見たのはその日が初めてだった。少し遅れたせいで余計に彼に目がいったのかもしれない。

ルーファスとは従兄《いとこ》にあたるが、兄弟のように親しくしている人。学園を優秀な成績で卒業し、文武に秀でて将来は大臣にと期待されているらしいと、トレイシーから聞いていた。

席に着き、食事が始まると彼はまずトレイシーを、そして父とルディ、最後に私をゆっくりと観察しているのがわかった。

仲のいい従弟《いとこ》の相手がどんな人で、その家族がどんな人物なのか見定めているのだとわかった。

ルーファスとトレイシーほど完璧なカップルはいないのに、難癖をつけようとしているのかとあの時は少し苛ついた。

でもルーファスを大事に思うからこそだと、すぐに思い直した。

その時から彼の存在は、私の人生に投じられた一石のように波紋を起こした。

剣を握る手は硬くて大きくて、私の手をすっぽりと包む。この手にこの腕に私は何を望むのか。

それほど時間は経っていないのに、ゆっくりと目を開けると、私の答えを待つレオポルドの表情に期待と不安が入り交じっていた。

「私が責任を取る必要がないと言ったら、あなたは諦めるの？」

少し意地悪かなと思いながら尋ねた。

「不本意だが、君が望むなら……」

そう言いながらも、納得したくないと思っているのがわかる。

いつでもどんな時も、自信に満ち溢れているレオポルド。その彼のいろんな表情をもっと見たいと思う私は、意地悪だろうか。

「やはり君は……」

「私はあなたがいいわ」

「え……」

レオポルドに口を挟む機会を与えないうちに、私はその唇を奪った。

私にしては今まで生きてきた中で、最速の動きだったと思う。

レオポルドは一瞬怯んだようだが、切り替えが早いのは流石《さすが》というか、すぐに主導権を奪われてしまった。後頭部をがっちりと押さえ込まれ、息継ぎの機会すら奪われた。熱くざらついた舌が滑り込み、喉の渇きを覚えた彷徨《さまよ》う人が水を求めるかのように、溢れる唾液を呑み込む。

合わさった唇の隙間から吐く息と共に、歓喜の声が漏れる。

いつしか寝台の上に仰向けにされ、熱く硬い彼の体がのしかかってきた。

広くて逞しい彼の胸板に両の乳房が押しつぶされ、両膝を割って彼の脚が滑り込む。腹部に押し当てられた硬い彼のものが次第に大きさを増してくるのを感じ、私の体の内からじわりとした熱いものが湧き上がってきた。

「もう一度……言ってくれ」

僅《わず》かに唇をずらし、紙一枚の隙間でそう言われる。熱く湿った吐息が唇にかかった。

「あなたが思う以上に、私はあなたが好きよ」

「体を許してくれるほどには、好意を持ってくれているとは自負しているが」

ソフィー・クローデルに捕らえられ、彼女の仲間の男に撫で回された不快感は今でも覚えている。

レオポルドには初めからそんなことはなかった。

「きっと初めから私たちはこうなる運命だった。そうでしょ？」

「運命論者ではないつもりだが、その意見には賛成だ」

いつの間にか彼の手は私のスカートの中に滑り込み、太ももの内側を伝って疼《うず》く部分へと這い上がっていった。

「あ……」

ぞくぞくとした快感が走り、声が漏れる。

「レオポルド……好き。大好き」

「私も、愛している」

彼の指が布地越しに花弁をごりごりと擦《こす》り、さらに刺激を求めて私も腰を押しつけた。じわりと蜜が溢れ出て、すでに下着は濡れて肌に張り付いている。

彼との三度目の行為は、彼への思いを自覚したせいか、前よりずっと敏感に彼を感じる。

「コリーナ、うつ伏せになってくれ」

彼は器用な手つきで上から順番にドレスのボタンをすべて外し終える。一気に上身頃を脱がされ、一緒に下着も取り払われた。

そのまま背中に彼の手が触れ、その後を唇が追いかけていった。

「あ……」

私に触れる彼の手が、唇が、今までと同じはずなのに今までと全然違う。柔らかい唇から漏れる熱い吐息が肌をくすぐり、ぞくぞくとした快感が背中を走り抜けた。

「あ……レオ……」

背骨に沿って下へ下りていき、腰を掴んだまま上向きにされた。

いつの間にかレオポルドは眼鏡を取り払っていて、すぐ目と鼻の先に顔があった。

「コリーナ」

荒い息の隙間から囁《ささや》くように名を呼ばれ、彼の瞳に熱がこもる。

「レオポルド」

彼に向かって腕を伸ばし、首に絡めて引き寄せ唇を重ねた。

深く熱い口づけを続けながら、レオポルドが巧みにシャツを脱いでいく。唇が離れそうになると、慌てて互いにまた唇を迎えに行く。そんなことを繰り返し、レオポルドがようやくすべての衣服を脱ぎ、私の前に裸体を曝《さら》け出した。

微かに上下する胸から割れたお腹、そして束縛を解き放たれた性器が私に向かって勃ち上がっているのを見て息を呑んだ。

「まだ見慣れないか」

大きく目を見開いて彼の股間を見つめていたので、私が怯えていると思ったのかもしれない。

「ちゃんと……見るのは初めて……というか形も大きさも、私が知っているのと違うから……」

「違う？　誰のものと比べて？」

レオポルドが剣呑な目つきで詰め寄ってきた。

「え、あの……ルディ」

「ルディ？」

「えっと……あの子が十歳になる少し前に熱を出して、着替えをさせた時に見たの。ほかの人のは知らないし、ルディのもそれ以来見たことはなかったし」

「十歳……十歳の少年のものと比べられるとは」

「ごめんなさい……その、怒った？」

「いいや。ルディのだったと聞いて安心した。それに思春期前と大人は違う。成人男性のこれがどんな働きをするか、その身で今からじっくり確かめればいい」

「え……あ」

あっという間に膝を掴まれ広げられ、体の中心が彼の目の前に曝《さら》け出される。

恥ずかしいと思う前に、すでに濡れた秘部が私の体が何を求めているかを如実に語っている。

一度目はお酒に理性を奪われ、本能のままに求めた。

二度目は初体験を忘れていた私には、初めてと同じだった。

そしてあの夜を思い出し、その相手が目の前にいるレオポルドだとわかって、互いの気持ちを確かめあった三度目の今、すべてのことが鮮明で刺激的で、ひとつひとつの出来事が特別に感じる。

目と目を合わせ、互いの顔を見つめながら、レオポルドがルディのものより大きく太く硬い自身の一部を押しつけてくる。

先端を擦《こす》り付け、私から溢れる愛液をそこに絡めると、目で私に「いいか」と訴えてきた。それに同じように目で応じる。

「あ……」

押し入ってくるものの熱さと圧迫感に声が漏れる。

「コリーナ、息をしているか」

言われて息を止めていたことに気づき、肺に溜まっていたものを吐いた。

無意識に体も強張っていた。息を吐くのと同時に力が抜け、その瞬間にレオポルドが腰をぐいっと押し出してきた。

その間ずっと、私たちは見つめ合っていた。

最初張り詰めていた表情が、私が力を抜いたのを悟り少し緩んだ。さらに中へと押し進んで一番奥へと達した時、見たことのない恍惚とした笑みが彼の顔に広がった。

私の中を彼のものが隙間なく満たし、文字どおり二人が繋がった。

心が通じた相手と体を繋げるということの素晴らしさを、身をもって体感する。

それは誰かに聞いて知るものではなく、自分で経験しなければわからない。

「コリーナ、辛いのか」

視覚を遮断した方が、よりほかの感覚が鋭くなる。黙って目を閉じていると気遣うようなレオポルドの声が聞こえ、目を開けて違うと首を振った。

「さっきあなたが言ったことを考えていたの。大人の男性のものがどんな働きをするか」

「まだ挿れただけで、本番はこれからだ。考え込むのは後でも遅くない。辛くないなら続けてもいいか」

その先を私は知らないわけではない。それでも私の胸は期待に膨らみ、無意識に今自分の中にいるレオポルドのものを締め付けた。

「……言葉より、時に体は素直だ」

私の反応を肌で感じ、答えを受け取ったレオポルドは腰を動かし始めた。

「あ……あ、はあ、ん、レオポルド、ああ」

レオポルドが動く度に内側の壁に彼のものが擦《こす》れ、体中を快感が駆け抜ける。さっき目にした彼のものが思い浮かび、身の内で何が動いているのか自覚すると前よりもっと感じる。

手も足も体のほかの部分は形や硬さは変わらないのに、あそこは気分や状況によって形も硬さも変化する。それが今、おそらく最も大きく硬い状態で私の中で蠢《うごめ》いている。

彼が腰を引き、そしてまた打ち付ける度に私の中から湯水のように液が溢れ、それが潤滑油となってますます彼の動きが激しさを増していく。

「ああ、ああっ、ああん」

「う、あ、はあはあ」

どんどん互いの呼吸が荒くなっていき、いつの間にか手を重ねて指を絡ませ、時折思い出したように唇を重ね合う。彼の動きに合わせ私も身を揺らし、乳房が激しく揺れた。

空いている片方の手が乳房を掴み、乳首をつまむ。唇が揺れる乳房を捉え敏感になった乳首を吸い上げられると、体を仰け反らせて足先を丸め、必死にシーツを手繰り寄せた。

びくんびくんと体が跳ね、すべての感覚がレオポルドに支配されていく。

「レオ……レオポルド」

「コリーナ」

熱に浮かされたように名前を呼び合い、合間に視線を絡ませ目で感情をぶつけ合う。

「あ、い、イく」

もうすでに小さく何度かイっていたが、さらにその上の波へ向かっているのがわかった。

「まだ、一緒に、一緒に……」

感覚がさっきより研ぎ澄まされ、興奮の波が押し寄せてくるのを感じる。二人同時に一番高みへと上り詰めようとレオポルドがさらに律動を加速する。

「あああああ」

「ぐう」

抑えきれず膣が目一杯これでもかと中にあるレオポルドのものを締め付ける。その圧力に、彼の口からうめき声が漏れた。

その瞬間、体の奥に熱いものが流れ込むのがわかった。それが二度、三度と続く。

「は、あ……」

レオポルドが私の中に精を放ったと気づいたのは、波が去った後だった。

「はあ」

ずるりと力を失ったレオポルドのものが、身の内から抜けていく。収まりきらなかった精液と私自身の愛液が流れてくる。

うっすらと額に汗を浮かべたレオポルドが、同じく汗で額に張り付いた私の前髪を掻き上げた。

「すまない。辛くなかったか」

何を謝られているのかわからず、首を傾げた。

「式もまだなのに。君のお父上に何と言ったらいいか」

「私も同罪ですから。お互いの家族に話す時は、二人で一緒に向き合いましょう」

「二人で一緒に……いい響きだな」

握り合った手の甲にレオポルドが唇を沿わせる。ぴたりと身を寄せ合い、情事の後の余韻に浸る。私のあそこはまだレオポルドがいた感触を残し、熱く疼《うず》いている。

「何でもできるレオポルドでも、怖いものがあるのね」

「当たり前だ。君との結婚を反対されたらと思うと怖い。クローデルは君を邪魔者と思ったようだが、君は私の弱点だ」

「お父様に反対されたら諦めますか？」

「いや、それはない」

間を置かず即答する。それを聞いて私の自尊心がくすぐられた。

「反対されれば説得する。二年半、君を思い続けてきた私の気持ちを洗いざらい打ち明けて、土下座でも何でもして許しを乞う」

頼もしい言葉に笑みがこぼれる。

「土下座は大袈裟よ。お父様はそんなに気難しくないわ。私がいつまでも結婚しないのを気に病んでいたくらいだもの。少し嫌味は言うかもしれないけれど、すぐに理解してくれるわ。私があなたを好きだって納得してくれたらね」

顔を近づけ、元気づけるためにキスをする。

「そうだな。君が私を思ってくれていることが、一番の武器だ」

レオポルドからもっと深いキスが返ってくる。

「話がまとまったところで、もう少し付き合ってくれないか」

「え？」

意味がわからず訊き返すと、レオポルドが掴んでいた私の手を下に持っていき、そっと再び硬くなった自分の一部を握らせた。

「な、なぜまた？」

そんなに簡単に復活するものなの。手に触れた彼の熱く脈打つ一部を見て、ごくりと喉を鳴らした。

無理と言いたいところだが、私も彼をもう一度受け入れ、感じたい。

「二人で一緒に。君が言ったんだぞ。これは一人ではできないことだ」

「そんなわがままを言う人だったかしら」

彼のものから手を離し、引き締まったお腹から胸へと手を這わせる。男性の乳首も勃つんだなと、そこをくるくると指先でいじりながら思った。

男性が女性の胸に拘《こだわ》るように、女性も男性の胸に性欲がかき立てられるとは思わなかった。

「君にだけだ」

瞼を閉じ、磁石が引き合うように唇を重ねる。

私にだけわがままを言うレオポルドがさらに愛おしく、その後の彼との行為は一層熱く激しいものになった。

一夜が明けて二人で父の前に立った時、私たちの間に何があったか流石《さすが》に皆も勘づいていた。

父はコリーナが幸せならそれでいいと、意外にあっさりと何も言わずに許してくれた。

その陰には、ジーナさんの力強い後押しがあったのは間違いない。

最後に父は私にひとつの条件を突きつけた。

「お酒はほどほどに。自分の限界を知ること」

それには素直に従うしかなかった。

終章

それから三か月後。

夏の暑さも過ぎ去り、実りの秋を迎え、トレイシーの結婚式から三年近くの日々が流れた頃、スタエレンス家とペトリ家の全員に祝福され、私とレオポルドの結婚式が行われた。

トレイシーとルーファスの子どもがお漏らししたり、マーガレットが悪阻《つわり》で何度も中座したり、レオポルドの姉妹たちが囃《はや》し立てたりといろいろあったが、思い出に残る素敵な結婚式だった。

「もう飲まないのか」

ワインでなく葡萄ジュースをちびちびと飲む私に、レオポルドが訊いてきた。

「お父上に言われたことを、今でも守っているのか」

「そうよ。それに私自身も二度と失敗したくないし」

「せっかくのお祝いの席に残念だ」

「レオポルドだって酔っぱらいの花嫁なんて嫌でしょ」

私が飲まないのを残念がっているレオポルドの考えがわからない。

「酔って乱れた君も素敵だと思うよ」

「そんなこと言うのはレオポルドくらいよ」

「そうかな……それで、どうする？」

思わずドキリとするくらい色っぽい目で、レオポルドが見つめてきた。

結婚式までの三か月間。あの日からレオポルドとは禁欲を貫いていた。

今さらだとは思うが、手を握るとかキスはしても、互いにけじめだからと体は重ねなかった。

何度かそういう雰囲気にはなったが、何とか思いとどまった。

だからなのか、彼の僅《わず》かな仕草でもいちいちドキドキしてしまう。もともと感情を顔に出す人ではなかったが、私だけがやきもきしているのかと思っていた。

「私を酔わせてどうするつもりなの？」

「これまで君が酔った際に何が起こったか、考えればわかるだろ」

レオポルドがウインクして、私のジュースと自分が飲んでいたワインを交換する。

「お父様に怒られるわ」

ジーナさんやルディたちといる父の方を見る。目が合って私たちに手を振っている。

今日の日を私同様心待ちにしていてくれた。

「今日から君は私の妻だ。君のことは私が護る」

膝の上の手を握り、グラスを持ち上げチンと鳴らし、私の目を見つめながらジュースを飲み干す。

「ありがとう」

ワインを飲みすぎたからと言って本気で父が私を叱ることはないが、護ると言ってくれたレオポルドの言葉は胸にぐっときた。

「お嬢様、そろそろお支度を」

クラレスさんが近づいてきて、花嫁が寝室へ引き上げる時間だと告げた。

「じゃあ」

「また後で」

レオポルドが交換したワインを飲んでから、クラレスさんに付き添われて寝室へ引き上げた。

今夜から二人で過ごすことになる部屋へ行くと、この日のために新しく入れ替えた特大サイズの寝台が置かれ、シーツの上には色とりどりの秋の花々が散りばめられていた。

そして中央には封筒がひとつ置かれていた。

「これは？」

「若様からここへ置くようにと申しつかりました。さ、先にお支度を」

着替えを先にと言われ、ドレスを脱いでナイトドレスに着替えた。

これは新たに今夜のためにと用意されたものだった。

薄い紫の生地の縁《ふち》には、繊細なレースが縫い付けられていた。白とアイボリー、そして紫の細い紐を三つ編みにした肩紐がついている。腰はゆったりとサテンのリボンで結ぶようになっている。

髪は下ろして片側に緩く腰と同じ色のリボンで結ぶ。

「お綺麗です。どうか若様とお幸せに」

「これからもよろしく」

クラレスさんが出ていき一人になると、さっきの封筒が気になって寝台の上に座って読み上げた。

『コリーナへ』

レオポルドから託されたとクラレスさんは言っていたけれど、その字は彼が書いたものではないとすぐにわかった。

「まさか……」

女性らしい柔らかな字体。筆圧は弱々しく、ところどころ掠れている。

封はされていなかった。知らずに震える手で中から便せんを取り出した。

『愛しい娘コリーナへ
今あなたはいくつになっているのでしょう。

この手紙を読んでいるということは、あなたも遂に花嫁となって新しい人生を始めるのね。

あなたの花嫁姿を思い浮かべながら、あなたを初めて抱いた日のことを思い出します。

愛らしいあなたを初めて抱いて、その小さな手が私たち以外の誰かの手を取り嫁ぐ日まで、親としてどんなことをしても護ろうと誓い合いました。

けれど今、自分の死期を悟りそれが叶わないばかりか、トレイシーやルディへの責任をあなたに負わせると思うと、申し訳ない気持ちでいっぱいです。

家族思いで責任感の強いコリーナ。そんなあなたを誇らしいと思う反面、あなたが家族への責任を優先しすぎて本当に大切な人との縁を逃していないか心配です。

今、あなたは幸せですか。あなたが花嫁となる日までに、私は母として夫となる人とどのように初めての夜を過ごすべきか、あなたに教えなくてはならないのにそれが私にはもうできません。

言えることはただひとつ。夫となる人が真にあなたが大切に思い、あなたが心から愛し抜けると思える人ならば、その人を信じて身を委ねてください。

その行為は人として、女性として、決して恥ずかしいことではありません。

生まれた時のまま、愛する人と肌を合わせひとつになる行為の中であなたが体感する喜びは、言葉で伝えられても、身をもってあなたに教えることはできません。

あなたと、あなたの大切な人と二人で共に過ごす時間をどうか大切に。

結婚生活は時に順風満帆とは言えません。けれどどんな荒波も二人が互いに信頼し尊敬し、愛し合って乗り越えていけるものと信じています。どうか、あなたの選んだ方と幸せに。

私はいつもあなたを見守っています。

愛する私の娘。コリーナへ
母より』

溢れる涙で文字が霞む。

手紙の文字はところどころ滲んでいた。それは母が流した涙の痕かもしれない。

「コリーナ」

いつの間にか部屋にレオポルドが入ってきていた。

すでに服を着替え、シルクのナイトガウンを羽織っている。

そっと寝台に乗って、私の肩を抱き寄せてくれる彼の肩に頭を乗せる。

「この手紙……」

「君の母上が亡くなる前に、君たちに宛てて書いたものだ。お父上から預かった」

「じゃあ、トレイシーやルディも？」

「そのように聞いている。君に渡すのが最後になってしまったと、お父上がおっしゃっていた」

「でもどうしてお父様は私に直接渡すのではなく、レオポルドに渡したの？」

母の手紙を胸に抱いた私の涙を、レオポルドの唇がそっと拭《ぬぐ》う。

「実はお母上は、君たちの伴侶となる相手にも手紙を書いていた」

「え、じゃあ……」

「昨日、お父上が我が家に来て渡してくれた。ご自分の命が長くないと悟ったお母上が、病身を押して何日もかけて書かれたそうだ」

「読んでも構わない？」

頷いてナイトガウンのポケットから、レオポルドが同じ封筒を取り出す。

私も私宛の手紙を彼に渡す。

私がどんなに素晴らしい娘であるか。私を妻に選んだ慧眼《けいがん》を褒め、会って直接伝えられないことをどんなに残念に思っているか。

切実な母の思いが伝わってくる手紙だった。

「愛情に溢れた素晴らしいお母上だ。文面から君への愛情が伝わってくる」

レオポルドもそう感じてくれたことが嬉しかった。彼への愛情が溢れてくる。

「ええ、自慢の母よ」

レオポルドへの手紙を封筒に戻し、二つの手紙を彼がサイドテーブルに置いた。

「どんなに心残りだったろうな。だからこそ、今日の日にいらっしゃらないことは実に残念だ。もし会えたら、君という素晴らしい女性を産んでくれたことに感謝しただろうに」

私の髪を結っていたリボンを引っ張り、髪を解く。髪がふわりと肩にかかり、それを払って肩に手を乗せた。

「大丈夫よ。きっとお母様はどこかで今日のことを見てくれているわ。手紙にも書いていたでしょ」

「しかし、いくらお母上でも今からすることには目を塞いでいていただかないとな」

腰を掴んで自分の膝の上に私を跨がらせ、肩から細い肩紐を落とす。剥き出しになった右肩に彼の熱い唇が押しつけられた。

「今から……すること？」

「私だけが君に教えられることだ」

「レオポルドだけが？」

左肩の紐も取り払い、上身頃がはらりと腰に落ち胸が顕になる。レオポルドの大きく温かい手が、乳房を包み先端の蕾を親指と人差し指で挟んだ。

「あ……」

「それから君だけが私に与えてくれるもの。二人で共に過ごす大切な時間だ」

「ちゃんとお母様は弁《わきま》えてくださるわ。見守るべき時と、私たちを信頼して目を瞑《つぶ》る時をね」

レオポルドの巧みな手で私は生まれた時と同じ裸になり、彼もいつしかすべての衣を脱ぎ捨てて、私たちはひとつになった。

嫁《い》き遅れの娘が思いがけず一夜を共にして、不覚にも忘れてしまったあの日の出来事。

相手が悪ければ、そのまま捨てられていたかもしれない失態だった。

でもこうしてその相手と心を通わせ、夫婦の契りを交わしこれから先の人生を共に歩んでいくことになった。もしかしたら、ずっと誰かが見守ってくれていたのかもしれない。

レオポルドの猛ったものに貫かれ幾度も達し、何度も私の名を叫ぶ彼の声の陰で別の誰かの声が聞こえた気がした。

『今、あなたは幸せですか』

「愛しているわ、レオポルド」

「私も愛している」

レオポルドに愛を告げながら私は心の中で話しかけた。

……はい、お母様。

書き下ろし番外編

レオポルドの恋敵

「申し訳ございません、スタエレンス夫人。少々立て込んでおりまして、もうしばらくお待ちいただけますか」

若い文官は汗を掻き、平身低頭しながらコリーナにそう言う。

「私は構いませんが、出直しましょうか？」

「いいえ‼　閣下からは奥様がお出でになったら、必ず伝えるよう申し使っております。万が一、勝手に奥様を帰したとあっては、私が閣下に叱られます」

今度は真っ青な顔でブルブル震え、必死にすがるような目を向けられ、彼が気の毒になったコリーナは、黙って三杯目のお茶を飲むことにした。

コリーナが、コリーナ・ダッラ・スタエレンスとなってから、三か月が過ぎた。

ルブラン公の別荘での新婚旅行を終え、スタエレンス家に戻ってから一週間ほどはレオポルドも屋敷にいたが、その後仕事に復帰して忙しい日々を送っている。

他国の王子が親交にやってくるということで、レオポルドはその接待のために一週間前から王宮に泊まり込んでいた。

コリーナはレオポルドから着替えを持ってきてほしいという手紙をもらい、こうしてやってきたのだが、何やら予想外の問題が発生したらしく、予定の時間を過ぎてもレオポルドは現われなかった。

コリーナもせっかくならレオポルドに会いたいとは思うが、ただ待っているのも退屈で、頻繁に様子を見に行っては文官から謝罪され、彼の勧めるお茶を飲むしかなかった。

「私のことは気にせず、どうか仕事に戻ってください。私は先ほどお貸しいただいた本を読んでいますから」

そわそわとしながら傍にいられては、コリーナも落ち着かない。時間潰しにと持ってきてくれた本でも読むと言えば一人になれるだろう。

「しょ、承知いたしました。では何かあれば、そちらのベルでお呼びください」

文官がほっとしたのがわかる。彼も気まずかったのだろう。

彼が出ていくと、コリーナはほっと息を吐いて、目の前の本を手に取った。

コンコン。

「はい、どうぞ」

数ページも読み進めないうちに、誰かが扉をノックした。

レオポルドかもしれないと、本を閉じて返事する。しかし予想と違い現れたのは、先ほどの文官よりさらに若い青年だった。

「レオポルド・ダッラ・スタエレンス卿の奥方か?」

「……あなたは?」

着ているものは王宮の侍従の制服だが、その物言いやコリーナに向かってくる堂々とした歩き方は、とても侍従とは思えない。

コリーナは身を固くして表情を強張らせた。

「私は……えっと、ハビエルだ」

「ハビエルさん、何か私にご用ですか?」

コリーナがレオポルドの妻だと知って、彼はここへやってきた。彼女に会うのが目的なのは確かだ。

「失礼、彼が結婚したと聞いて、どのような女性なのか気になって。ふうん、彼はこういう女性が好みなのか」

値踏みするような彼の視線に、コリーナは苛立ちを感じたが、ここで怒りに任せて事を荒立ててはと思い、ぐっと堪えた。

「不躾ですよ。あなたのお国では、それが礼儀なのですか」

「ほう、私がこの国の者でないと、よくわかったな」

「我が国の侍従は、そのような不遜な態度を取りません。それに、今王宮にはヴィルヴァ国の王族が来訪されております。あなた様はヴィルヴァ国の第八王子アルイール様ですね」

「私がアルイールと知って、そなたは礼も執らないのか？」

彼は正体を見破られても平然として、愉快そうにコリーナを見やる。

「正式にヴィルヴァ国の王子殿下として紹介されたなら、私も作法に則り礼を尽くしましょう。ですが、あなた様は侍従の出で立ちで、供の一人もつけずに現れた。そのような方に私がどう接せよとおっしゃるのですか？」

レオポルドが誰を接待するのか、コリーナは彼から聞いていた。結婚前は仕事に関して秘密事の多かった彼だが、結婚してからは秘密にしておかなければならない理由をきちんと彼女に説明し、その上で話せることは話してくれるようになった。

今回のアルイール王子の来訪は、国家機密でも何でもない。ヴィルヴァ国の成人年齢は十三歳で、第八王子は今年その年齢に達し、初めて外交を任されてこの国へやってくるのだと聞いていた。

「王子様がなぜ侍従の格好をして、お一人でこんなところへ？」

「言っただろう？　スタエレンス卿の奥方を見たかった」

「私を、ですか？」

彼がどうして自分に会いたいなどと考えたのか、不思議に思いコリーナは小首を傾げた。

「なぜ私に？」

「スタエレンス卿は、ヴィルヴァ国に半年ほど滞在したことがある。ちょうど二年前だ」

「二年前」

レオポルドがコリーナと一夜を過ごし、音信不通になった頃だ。

「私には五人の姉と、三人の妹がいる。兄は七人で、弟は六人だ」

ヴィルヴァ国は一夫多妻制で、王族は大勢いると聞いている。後宮というものがあって、王は何人もの妃をそこに住まわせているらしい。

「私のすぐ上の姉が、レオポルドのことを好いて、ぜひ婿にしたいと申し出たのだが、彼は断った。国に結婚を誓った相手がいるからと」

「まあ」

コリーナはブルーグレイの瞳を大きく見開いた。王子の姉と言えば王女。その王女がレオポルドを見初め、求婚していたことは初めて聞いた。そしてそれを断ったことや、その理由についても驚きを隠せない。

「私の姉は国でも評判の美姫《びき》だ。その姉の求婚を断るほど惚れた相手を見たいと思うのは当然だろう。今日来ると噂で聞いたので、こうやって顔を見に来たのだ」

王子がコリーナに興味を抱いた理由はわかった。彼がここへ来た理由も。

「ではなぜそんな格好をして、身分を隠してまで来られたのですか？」

変装（まったく変装らしくはないが）までしなくてもと、コリーナは思った。

「私が嫁に何度会わせろと言っても、卿が首を縦に振らないからだ」

「レオポルドが？」

なぜレオポルドは王子の頼みを聞き入れなかったのだろう。

「まあ、理由はわかっているがな」

コリーナとは逆に、王子にはその理由がわかっているようだ。

「そなた、名は？」

「コリーナと申します」

「コリーナ、愛《う》い名前だ」

「あ、ありがとうございます」

自分の半分以下の年齢の男性から、そんな風に言われてコリーナは戸惑った。

「我が国は、王は三十人、王子は十五人まで妻《めと》を娶ることができる」

「さ、さようでございますか」

知識としては知っていたが、流石《さすが》に当事者から話を聞くと現実味がある。

「私は今年成人を迎えたばかりなので、まだ少ないが」

「え、で、殿下にはもう何人か奥方がいらっしゃるのですか?」

「まだ三人だ。少ないだろう」

自分の弟の十三歳の頃を思い出し、その違いに目を白黒させる。

「コリーナ、いるか?」

その時、扉が開きレオポルドが入ってきた。

「すまない。少々立て込んで……殿下!」

レオポルドはコリーナの向かいに座る人物を見て、大声を上げた。

「やあ、スタエレンス卿、遅かったな」

王子は軽く手を上げて、レオポルドを迎えた。

「何をしているのです!　その格好はどういうことですか!　突然いなくなって我々が

どれほど捜したか」

どうやらレオポルドがなかなかコリーナに会いに来られなかったのは、王子がいなくなったからだったようだ。

「だって、そなたが奥方に会わせてくれないから、こうやってこっそり会いに来るしかなかったのだ」

悪びれもせず、王子は笑って説明する。

「だってではありません。あなたを捜してどれほどの者が走り回っていると思うのですか。わがままもいい加減になさってください。それに、コリーナと会わせたくないから、そうしなかったんです」

よほどのことがない限り、他国の王族の要望は聞き入れるものだと思っていたが、コリーナに会わせろという王子の要望を、レオポルドはわざと避けていたようだ。

「レオポルド、どうして?」

「そうだ。さっさとそなたが奥方と私を会わせていれば、こんな面倒なことはしなくて済んだのに。そなたの不手際だぞ」

王子はレオポルドを責めた。

「ヴィルヴァ国にいた半年で、あなた様の女性の好みはよくわかったのです」

「私の女性の好みか」

ふふふと王子は笑った。

「目が大きくて童顔、鼻や口が小さくて小柄な体型。それがあなたの好みですよね」

「よくわかっているではないか。ついでに胸が大きいとなお良い」

レオポルドは眼鏡を押し上げて、ため息を吐いた。

「あの、レオポルド？」

不安げなコリーナに気づき、レオポルドは彼女の隣に座ると、ぐっと抱きしめた。

「レオポルド、あの、殿下の前よ」

「渡しませんから」

いきなり人前で抱き寄せられて、焦るコリーナを尻目に剣呑な空気がレオポルドと王子の間に漂う。

「私はただ、あと十二人妻を娶《めと》れる。贅沢もし放題だ。何しろ私個人の財産はたくさんあるからな」

「コリーナ、耳を貸すな」

「レオポルド、どういうこと？」

「彼は君を四番目の夫人にしたいと言っているんだ」

「え」

　驚いたコリーナが王子を見る。

「彼の女性の好みは、コリーナそのものだ。だから会わせたくなかった」

「そ、そんなだって、殿下はまだ十三歳」

　確かに先ほど聞いた特徴は、彼女にぴったりだが……

「ヴィルヴァ国の男は、息をするように女を口説くんだ。それに好みの相手なら親子ほど歳が離れていようと関係ない」

「そ、そんな」

　コリーナは知らされた事実に、目を大きく見開く。

「渡しません。彼女は諦めてください。彼女に手を出したら、外交問題として正式に抗議します」

「そのように威嚇せずとも、わかっている。残念だが彼女は諦める」

「本当ですか?」

　意外にあっさり王子が引き下がったので、レオポルドは警戒を少し緩める。

「初めての外交で、問題を起こしたくはない。父からもきつく言われているからな。ただあの堅物だったスタエレンス卿が見初めた女性を見てみたかった。本当にそれだけだ」

王子はそう言って立ち上がり、扉へと向かう。

「残念だが、今回は諦めるとしよう」

そう言って二人を残し、王子は部屋を出ていった。

「あの、レオポルド、少し力を緩めてくださいい。苦しいわ」

「あ、すまない」

きつく抱きしめていた腕を緩め、レオポルドはコリーナに謝った。

「私のこと、護ってくれてありがとう」

レオポルドが見せた独占欲に、コリーナは喜びが込み上げた。

「当然だ。コリーナは私の妻で、私の最愛だ」

「私もよ。あなたは私の夫で、私にとって特別な人」

二人は見つめ合い、そっと唇を重ねた。

本書は、2022年6月当社より単行本として刊行されたものに書き下ろしを加えて文庫化したものです。


この作品に対する皆様のご意見・ご感想をお待ちしております。

おハガキ・お手紙は以下の宛先にお送りください。

【宛先】

〒150-6019 東京都渋谷区恵比寿4-20-3 恵比寿ｶﾞｰﾃﾞﾝﾌﾟﾚｲｽﾀﾜｰ 19F
（株）アルファポリス　書籍感想係

メールフォームでのご意見・ご感想は右のＱＲコードから、
あるいは以下のワードで検索をかけてください。

アルファポリス　書籍の感想　検索

ご感想はこちらから

Noche BUNKO

嫁《い》き遅《おく》れ令嬢《れいじょう》の私《わたし》がまさかの朝《あさ》チュン
相手《あいて》が誰《だれ》か記憶《きおく》がありません

七夜《しちや》かなた

2025年4月30日初版発行

文庫編集－斧木悠子・森 順子
編集長－倉持真理
発行者－梶本雄介
発行所－株式会社アルファポリス
〒150-6019 東京都渋谷区恵比寿4-20-3 恵比寿ｶﾞｰﾃﾞﾝﾌﾟﾚｲｽﾀﾜｰ19F
TEL 03-6277-1601（営業）　03-6277-1602（編集）
URL https://www.alphapolis.co.jp/
発売元－株式会社星雲社（共同出版社・流通責任出版社）
〒112-0005 東京都文京区水道1-3-30
TEL 03-3868-3275
装丁・本文イラスト－唯奈
装丁デザイン－AFTERGLOW
（レーベルフォーマットデザイン－團 夢見（imagejack））
印刷－中央精版印刷株式会社

価格はカバーに表示されてあります。

落丁乱丁の場合はアルファポリスまでご連絡ください。

送料は小社負担でお取り替えします。


ISBN978-4-434-35665-0 C0193